COLECCIÓN TEO-FICCIONES

Copyright © 2020 by Ángel Manzo Montesdeoca

Cuentos Teológicos
Reimaginar desde el vientre
Compilado por Ángel Manzo Montesdeoca, 2021, JUANUNO1 Ediciones.

Colección Teo-Ficciones

Library of Congress Cataloging-in-Publication Data
Name: Manzo Montesdeoca, Ángel, compiler.
Cuentos teológicos : reimaginar desde el vientre / Ángel Manzo Montes-
deoca.
Published: Miami : JUANUNO1 Ediciones, 2021
Identifiers: LCCN 2021934117
LC record available at https://lccn.loc.gov/2021934117

REL102000 RELIGION / Theology
REL026000 RELIGION / Education
REL116000 RELIGION / Religious Intolerance, Persecution & Conflict
REL067050 RELIGION / Christian Theology / Ecclesiology

Paperback ISBN 978-1-63753-008-5
Ebook ISBN 978-1-63753-009-2

Editor *Samuel Lagunas*
Créditos Portada *Equipo de Media y Redes JuanUno1 Publishing House*
Concepto diagramación interior & ebook *Ma. Gabriela Centurión*
Director de Publicaciones *Hernán Dalbes*

First Edition | Primera Edición
Miami, FL. USA.
Marzo 2021

CUENTOS TEOLÓGICOS

REIMAGINAR DESDE EL VIENTRE

Ángel Manzo Montesdeoca
COMPILADOR

JUANUNO1
EDICIONES

CONTENIDO

A Joana Ortega Raya, con agradecimiento
eterno por la dosis de confianza y estímulo
para escribir; sigues presente entre nosotros
querida amiga y hermana.

Y para Angie Samantha, mi adorada hija, por
los cuentos que alguna vez te leí.

RELATOS

Vivimos creando historias
relatos al viento para (sobre)vivir
y exponer un deseo
para que su tosca dulzura
al menos frote suavemente
la punta de la lengua
necesitada de contar(nos)
un nuevo devenir.
La realidad
o lo que creemos de ella
no son más que espasmos
incontrolados
que provienen
de rancias fiebres.
Sueño para existir.
Escribo para caminar.
Narro cuentos
para habitar
el espejismo
y así olvidarme
al menos por un pestañeo
que es imposible
dejar de amigarme
con las cargas añejas.

Nicolás Panotto

PRÓLOGO

Utilizar el género narrativo como alternativa a las viejas historias, mil veces contadas, y con un cierto regusto a cuestiones que nada tienen que ver con nosotros, o que resultan ajenas a nuestra experiencia como seres humanos de una generación en la que el acceso a cualquier tipo de información es infinito; no deja de ser, en mi opinión, un acto de valentía, incluso de desmesura, si se quiere evocar el vocablo griego *hýbris*.

Lo que se nos propone en este libro no es, nada más ni nada menos, que el intento de recontar, es decir, de contar de nuevo, las viejas historias, pero desde un nuevo lugar: el vientre como dignificación de la vida humana, plenamente humana.

El tratamiento de las diferentes narraciones refleja fielmente —no podría ser de otra forma— la pluralidad y la diversidad de sus autoras y autores. Los diferentes temas tratados se suceden proponiéndonos nuevas formas de enfrentarnos a unas historias que creíamos conocer a la perfección, ahora con la sospecha de que, tal vez, nuestro conocimiento no puede abarcar del todo el alcance real de la diversidad de sentidos propuestos.

Este libro consta de veintiséis historias. Cada una de ellas nos presenta un tema diferente: una invitación a la resistencia activa, una llamada a la esperanza, el asombro ante la novedad de la diversidad de la vida, una ortodoxia rígida enfrentada a una práctica activa de la fe, el derecho a la dignidad que tiene todo ser humano, la recreación del recuerdo necesario, la fuerza incontenible de la promesa cumplida, la mala fe puesta al descubierto, el hallazgo de que el cansancio existencial no es el final de la vida, el valor de decidir cambiar la historia, el poder imparable del amor, el hecho de pensar a Dios para poder crear vida nueva, la importancia de reconocer lo que es verdaderamente importante, la necesidad del diálogo para poder ponerse de acuerdo, la constatación de que la contaminación proviene de dentro de la comunidad y no de fuera, la experiencia transformadora del Dios-compasión, el protagonismo debido a los niños y niñas como agentes del Reino, el reflejo de Jesús en los desheredados de la historia, el amor como motivo de escándalo, la comida compartida está en el mismo centro del misterio, el amor como una fuerza que mueve el Universo, el verdadero significado de amar a Dios en realidad consiste en amar al prójimo… Cada uno de estos aspectos lo encontramos reflejado en el contexto de las diferentes historias.

No puedo dejar de decir que este libro resulta de ágil lectura y que sus contenidos mantienen, en la misma proporción, un cierto grado de profundidad y de sensibilidad en el tratamiento de su temática.

Sin duda, el ejercicio de reescribir lo ya escrito, pero desde otro lugar, nos ofrece la oportunidad de repensarnos de nuevo, de buscar nuevos sentidos, de fusionar nuevos horizontes desde un presente que, a veces, se nos aparece tan efímero como inquietante. Igual que las historias que escribimos.

Joana Ortega Raya
Dra. en Filosofía y Lcda. en Teología.
Barcelona, España.
(1 de octubre,1956- † 6 de agosto,2020)

PRESENTACIÓN

Yo crecí en un hogar donde abundaban los libros. Mi madre, que era fanática de la lectura, nos leía cuentos y novelas desde muy niños. Como era una extraordinaria narradora, de niña yo también le pedía que me contara películas, leyendas e incluso historias y parábolas de la Biblia.

Entre los relatos bíblicos que yo amaba estaba el del Buen samaritano. Me hacía total sentido la bondad como la característica más relevante en una persona. Había también muchas otras historias que me sublevaban. Como la del rico Epulón y el pobre Lázaro. Recuerdo que me cuestionaba la indolencia de un Dios que diseña todas las condiciones para la tragedia humana sólo con el fin de luego recompensarla en el cielo. O la historia de Job y cómo para Dios las personas somos algo así como las fichas de un ajedrez sádico. Los misteriosos caminos divinos me parecían de una crueldad y de una impiedad innecesarias. Obviamente, también cuestionaba el sitio de las mujeres en la Biblia, siempre a la sombra del hombre. Al servicio del varón.

El Génesis trae dos versiones de la creación de Adán y Eva. En la primera, Dios los crea juntos. En la segunda, Eva es creada a partir de una costilla de Adán, para que éste no se aburra en solitario. A pesar de la primera versión, es el relato de la costilla el que más relevancia tiene hasta nuestros días. Es a partir de este hecho que San Pablo dice que la mujer fue creada para el varón. Nuestra principal función en la Biblia es procrear, procrear y procrear; nuestro peor defecto es ser estériles. Nuestro lugar es la casa, si queremos aprender algo debemos preguntar a nuestro marido y en el templo debemos permanecer calladas. Es muy triste el papel que desempeñamos en la Biblia. De nuevo: somos casi meros objetos. Como esa adolescente que compartía el lecho de un Rey David anciano para calentarle la cama. Algo así como una bolsa de agua caliente, pero de carne y hueso.

En el colegio tuve que estudiar la Biblia desde el punto de vista literario y me quedó mucho más claro que contaba situaciones tremendamente injustas y violentas con el ánimo de aleccionar a los creyentes sobre qué es la moral. Con el pasar de los años, no sólo entendí que las historias de la Biblia eran propias de épocas machistas, sexistas, esclavistas, poco democráticas y sin muchos derechos. También me quedó claro que, para la religión judeocristiana, las mujeres no somos un sexo diferente: somos un sexo deficiente y culpable desde el inicio de los tiempos. Esto no sólo es evidente en las historias de la Biblia, sino que ha sido la opinión oficial de los doctores de la Iglesia. Santo Tomás de Aquino, por ejemplo, escribió en la *Suma Teológica* que consideraba que las mujeres éramos algo imperfecto y ocasional, y sostenía que el Verbo divino se había encarnado en un varón y no en una mujer porque el sexo masculino era más honorable. San Agustín fue aún más drástico al sostener que nada envilece más a un hombre como las caricias de una mujer y las relaciones corporales en el matrimonio. Porque al patriarcalismo cristiano le obsesiona la sexualidad humana, a la que considera siempre peligrosa, aun dentro del matrimonio. Desde luego, la responsable de ese peligro es la mujer.

Pero, además de profundo rechazo, esta visión religiosa machista y estos pasajes misóginos que aparecen tanto el Nuevo como el Viejo Testamento no me conflictuaron demasiado en mi vida. Mi familia no era religiosa, la Biblia no era un manual de conducta para mí, era sólo un libro más.

Algo así como *Las mil y una noches*, pero con mucho menos encanto.

Hoy, con la lectura de este libro, algunas viejas leyendas bíblicas regresan a mi memoria, corregidas y aumentadas, reescritas desde otras perspectivas, proponiendo otras visiones. Me fue delicioso leer cuentos conocidos a la luz de los tiempos en que vivimos y con una narrativa cuidada, muy bella, incluso poética. El Jesús que sana a la hija de la cananea nos llega desde la voz de esa chica que estuvo condenada, hasta que la sagacidad de su madre, disfrazada de humildad, consiguió conmover a un dios. La mujer adúltera es más protagonista y menos chivo expiatorio sin personalidad propia. Tamar es la dueña de su destino y vence a Amnón, aun a costa de su vida. El relato de Jesús en la casa del filisteo Simón eriza la piel.

Esta es una suerte de Biblia contada a todos, para todos, donde no se excluye a nadie y donde cualquiera puede encontrar un lugar. Especialmente las mujeres. Ése es el espíritu que debieron contener los textos sagrados en el principio de los tiempos, ahora, siempre, y por los siglos de los siglos. Amén.

Silvia Buendía
Abogada especializada en Derechos Humanos.
Guayaquil, Ecuador.

AUTORES

Alvin Góngora. Colombiano. Máster en Estudios Teológicos. Docente universitario. Traductor.

Ángel Manzo Montesdeoca. Ecuatoriano. Magíster en Gerencia y Liderazgo educacional, Mágister en Estudios Teológicos y Filosóficos. Postulante al Doctorado Interdisciplinario. Docente universitario.

Brenda García. Salvadoreña. Licenciada en Teología. Facilitadora de CEDEPCA (Centro de Estudios evangélicos para Centroamérica) y actual misionera de Resonate Global Missions.

Cristina Hincapié Hurtado. Colombiana. Psicóloga y Magíster en Teología. Ha sido actriz, docente, investigadora. Actualmente vive en México donde trabaja e investiga la espiritualidad en el ámbito hospitalario y de la salud.

Cristina Giraldo Velásquez. Colombiana. Comunicadora social y periodista. Autora del artículo *Yo la hereje, yo la apóstata*, publicado en el libro Jesús antes del cristianismo.

Dayse Villegas. Ecuatoriana. Periodista profesional. Diplomada en Promoción de Lectura y Literatura infantil. Redactora de Revistas de Diario El Universo.

Daylíns Rufín Pardo. Cubana. Profesora del Seminario Evangélico de Teología de Matanzas y del Instituto Superior Ecuménico de Ciencias de la Religión de la Habana. Máster en Teología con especialización Biblia y Lenguas Bíblicas. Actualmente escribe su tesis doctoral.

Eduardo Vega Flores. Ecuatoriano. Máster en Teología. Pastor de la IEVI (Iglesia Evangélica de Iñaquito) de Calderón, Quito.

Jimmy Sarango. Ecuatoriano. Comunicador y analista de problemática social y eclesial, enfocado en trabajo con juventud y adolescencia. Locutor y productor radial. Realizó estudios de Comunicación y Cultura en la Universidad de Buenos Aires.

Fernanda Rojas. Colombiana. Filósofa y Maestra en Filosofía por la Universidad Nacional de Colombia. Docente de la Universidad Autónoma de Aguascalientes, México. Candidata a doctora en Filosofía de la religión por la Universidad Nacional Autónoma de México. Autora de diversos artículos de investigación.

Gabriela Miranda García. Mexicana. Licenciada en Teología. Teórica y activista feminista, educadora popular y escritora.

Hernán Dalbes. Argentino. Cofundador y pastor de la Iglesia Misión Gracia y Libertad. Vicario en la Iglesia Evangélica Luterana Unida Argentina-Uruguay. Director de JuanUno1 Publishing House. Docente y educador popular.

Hugo Oquendo. Colombiano. Teólogo, pastor de la Iglesia Colombiana Metodista, profesor universitario y estudiante del Programa de Maestría en Literatura de la Universidad Tecnológica de Pereira. Ha publicado libros de poesía, ensayos de teología y de literatura.

Ignacio Simal Camps. Español. Licenciado en Teología con especialidad en Sagradas Escrituras. Director-fundador de Lupa Protestante. Pastor de la Iglesia Evangélica Española.

Juan Esteban Londoño. Colombiano. Es escritor, docente e investigador en las áreas de hermenéutica, literatura y religiones. Doctor en Teología en la Universidad de Hamburgo (Alemania). Estudió Filosofía y Maestría en Filosofía en la Universidad de Antioquia (Colombia). Tiene además una Licenciatura y una Maestría en Ciencias Bíblicas en la Universidad Bíblica Latinoamericana (Costa Rica). Es autor de la novela Evangelio de arena (Colombia, 2018), del libro de ensayo Hugo Mujica: el pensamiento de un poeta en la poesía de un pensador (Argentina, 2018) y del poemario El país de las palabras rotas (Nueva York, 2019). Ha escrito diversos artículos científicos sobre filosofía, literatura y religiones. Sus cuentos y poemas han sido publicados en diferentes revistas y traducidos al inglés y al ruso. También ha participado en diversos proyectos musicales como vocalista y compositor.

Karoline Mora. Costarricense. Máster en Teología con énfasis en género y religión. Es docente e investigadora.

María José Rivera. Chilena. Diseñadora gráfica. Trabaja en una Escuela de primer grado, o enseñanza básica, con alumnos en situación vulnerable y extranjeros. Contribuye en el liderazgo de adolescentes.

Marieta Machado Batista. Cubana. Técnica en Procesos Biológicos y Laboratorio Clínico. Bibliotecaria. Colabora en diversos centros de capacitación en su país. Estudiante de Bachillerato en Estudios Bíblicos y Teológicos por el Seminario de Matanzas.

Nicolás Panotto. Argentino. Teólogo y Doctor en Ciencias Sociales. Director general del Grupo de Estudios Multidisciplinarios sobre Religión e Incidencia Pública (GEMRIP).

Samuel Lagunas. Mexicano. Maestro en Estudios Latinoamericanos. Poeta, narrador y crítico de cine. Estudiante de Doctorado en Literatura Latinoamericana. Diácono en la Iglesia Cristiana Bautista Antioquía en Querétaro, México.

Tatiana Mendoza Armijos. Ecuatoriana. Estudiante de Periodismo. Escribe poesía erótica. Autora del libro ¡Carajo!

Tomás Castaño Marulanda. Colombiano. Comunicador social. Bloguero en temas de fe cristiana en TeoCotidiana. Esposo de Sara, papá de Ariel.

INTRODUCCIÓN

Mientras escribo esta introducción —finales de noviembre de 2018— me encuentro en la bella ciudad de Matanzas, al interior de Cuba. Participo de un evento organizado por el Centro Cristiano de Reflexión y Diálogo (CCRD) y otras organizaciones, quienes gentilmente me invitaron a intervenir con una ponencia sobre *Fundamentalismos religiosos hoy: visiones y desafíos*. Me acoge el calor, la alegría y las esperanzas de la linda gente del Caribe; y en especial mi amiga Daylíns Rufín Pardo quien ha sido, como reza el proverbio, "una hermana que ama en todo tiempo", especialmente en "tiempos de angustia". Su preocupación y calidez fueron bálsamo a mis heridas en esos momentos turbulentos.

Llegué a la bella isla como aquel malherido del relato lucano que yace tirado por el camino rumbo a Jerusalén, y que, después de que los religiosos de su tiempo desfilaran de largo —porque eran hombres "muy ocupados en sus asuntos"—, fue socorrido por un samaritano misericordioso, quien lo atendió, vendó, y llevó a un hospedaje para sanar sus heridas, asumiendo los gastos que demandaba su mejora.

Yo estuve en ese hospedaje bendito, en esa hospitalidad compasiva donde fui cuidado, protegido, alentado y animado a partir de las experiencias que otros han vivido en su militancia por una fe abierta a la vida y comprometida con la humanidad. Allí experimenté el misterio divino de la reciprocidad de "quien nos consuela en todas nuestras tribulaciones, para que también nosotros podamos consolar a los que están sufriendo, por medio de la consolación con que nosotros somos consolados por Dios". Desde las heridas experimentas y el consuelo recibido, mi hermana Daylíns y su comunidad fueron cuidado y ternura de Dios con rostro de mujer para mi vida.

La experiencia de las mujeres

La experiencia del cuidado y la protección me resulta común encontrarla en las mujeres; comenzando con mi progenitora y continuando con tantas mujeres que han contribuido a mi bienestar, especialmente en tiempos difíciles. Esos tiempos que suelen construir nuevos *ethos*, y que son caudal de emociones y peligros, donde las mujeres han insurgido como defensoras de la vida y sustentadoras de consuelo.

Al igual que Sifra y Fua, quienes arriesgaron sus vidas al enfrentarse al poder faraónico que amenazaba con la exterminación de los niños, las mujeres hoy continúan resistiendo, luchando frente a las injusticias, y al mismo tiempo sosteniendo a sus pequeños, como si volviesen a ceder el vientre para su cuidado. Este libro habla de ello, se inspira en esa lucha apasionada y comprometida por la vida y se pregunta cómo podemos aprender de la vivencia de las mujeres.

Re-imaginar desde el vientre es una propuesta para recuperar la experiencia femenina de las mujeres que gestan la vida en sus vientres, tanto física como metafóricamente; para reconsiderar desde la imaginación a la comunidad cristiana; y para rescatar la imagen simbólica de hombres que engendran y experimentan dolores de parto (Ga 4,19). Estamos cansados y desilusionados de tanto abuso y daño que el rostro masculino religioso ha hecho a miembros de iglesias que lo único que anhelaban era un lugar de cuidado y protección.

Buscamos inspirarnos en este lugar propuesto, lugar seguro y hábitat del misterio que Dios planeó para nosotros y en el que, antes de conocer este mundo, a través del primer llanto, habitamos: el vientre (útero); un mundo sustentado por el cuidado connatural del amor y la ilusión por la vida que se gesta a plenitud a partir de la existencia de un nuevo ser humano en las mujeres.

Repensar y develar

Considerar la comunidad cristiana *desde el vientre* implica replantear y cuestionar las formas desde las que hoy se hace y se concibe la iglesia. Es preguntarnos: ¿por qué asusta tanto a la iglesia lo femenino, pero no se inmuta frente a las atrocidades masculinas que se cometen? En muchos lugares, a la ortodoxia eclesiástica le incomoda el feminismo, pero no les conmueven los feminicidios ni la feminización de la pobreza. Se defiende la vida de los bebés en el vientre, repudiando el aborto sin escuchar razones, pero no se preocupa por los hijos de la comunidad que constantemente son abortados por el simple hecho de no aceptar todo lo que se impone o ser diferentes. ¿Por qué el miedo de algunos hombres religiosos a reconocer el actuar de Dios a través de las mujeres? Más aún: ¿desde cuándo la iglesia en la autoridad de hombres se constituyó palabra final de lo que el Espíritu puede hacer con quien él quiere y como le plazca?

Es hora de atreverse a considerar otros modelos, otras formas de ser comunidad que permitan llevar a cabo el propósito del Espíritu de Dios en el mundo que es el bienestar de toda la vida, y no ganar feligreses para nuestros templos. Sin duda que esto puede tener un alto costo —yo he tenido que pagar su precio—pero también sé que éste no es un sentir solitario, sino que recoge y expresa un mover cada vez más creciente de desilusionados e indignados en distintos lugares.

Cuento teológico

Para propiciar esta conversación provocadora nos valdremos del *cuento teológico* —haremos teología a partir del cuento y con cuentos— con su principal arma y característica: la imaginación. El cuento teológico supone entrar en el ámbito de la retórica y de la literatura; implica proponer mundos nuevos, nuevas posibilidades de pensar y decir lo indecible, e intentar plasmar a través de lo imposible un mensaje. Gracias a la literatura podemos crear mundos cargados de símbolos capaces de propiciar sensaciones, reacciones, otras visiones y maneras de concebir la existencia.

Hablar de cuentos teológicos desde la perspectiva cristiana nos acerca a algunas de las técnicas retóricas del judaísmo y de los pueblos mediterráneos; por ejemplo, la parábola, usada tantas veces por Jesús de Nazaret. En este sentido, ofrecemos cada uno de los cuentos de este libro como una parábola, ya que, por más inofensivos que parezcan, se encuentran preñados de contenido existencial y novedad evangélica: vino nuevo imposible de retener con esquemas caducos y que exigen una renovación de la mente y el corazón.

Imaginar para crear

Por imaginación entendemos la capacidad y el proceso de crear, recrear, re-presentar y transmitir imágenes y, por tanto, significaciones, que trascienden lo perceptible, lo propiamente sensible. A su vez, la imaginación produce y sugiere imágenes ausentes de facticidad, carentes de realidad objetiva, e incluso llega a elaborarlas con un contenido imposible de representar.[1]

Por una parte, se comprende como una facultad o estructura originaria, como una matriz de imágenes que le permite al ser humano aproximarse y apropiarse de lo

---

1 Carretero, Ángel E. *Imaginario y utopías.* En: Athenea Digital, 7, 40-60, 2005, p. 3.

real, al mismo tiempo que crea lo irreal mismo[2], es decir, trasciende la realidad. Por otra, lo imaginario es un elemento arquetípico y, por tanto, consustancial tanto al ser humano como a la cultura.[3]

Así como las parábolas, los cuentos teológicos que presentamos en este libro invitan a re-imaginar y recrear nuevas perspectivas del mundo, a la vez que se proponen como parte de una pedagogía de anuncio, denuncia, resistencia y esperanza.

Deseamos que estos cuentos sean medios de revelación del misterio, que a través de ellos re-descubramos sus formas únicas y sorpresivas de actuar, para así recuperar esa capacidad de asombro inefable y de movimiento que nos han negado ciertos discursos domesticadores de Dios.

Re-imaginar desde los silencios

Reconocemos el atrevimiento al ir más allá de lo que está escrito. Estamos conscientes de que hablamos desde la especulación, sin aires de certezas absolutistas, y nos amparamos en lo que las características literarias y la imaginación del cuento posibilitan.

Todos los cuentos se mueven desde la libertad y la posibilidad que permiten los relatos seleccionados. Por ello, en la mayoría de los cuentos que conforman este libro, se trabaja con los silencios y lo que *no dicen los autores* de los relatos bíblicos. Y, sin el ánimo de invalidar o contradecir lo que dicen, queremos que nuestra imaginación se propicie a partir de lo que los textos no dicen, para así formular nuevas narraciones y significados que encuentren sustento desde lo que *sí dicen* los textos para nuestro *hoy*.

---

2 Castillo, Roberto. *La imaginación creadora en el pensamiento de Gastón Bachelard*. En: Revista de filosofía, 67/68. San José: Universidad de Costa Rica, 1990, pp. 65-70.

3 Carretero, Ángel E. *Imaginario y utopías*. En: Athenea Digital, 7, 40-60, 2005, p. 13.

Por ello hacemos una clara distinción entre lo que el texto ya ha dicho y lo que nos propicia desde lo dicho. Por ejemplo, el texto de la tercera carta de Juan nos habla de un personaje llamado Diótrefes quien al parecer ocupaba algún cargo en la comunidad. Sus actitudes se encuentran en contraste con las de Demetrio, tal como lo indica el texto (3Jn 9-12). Pero el texto no dice nada del trasfondo de Diótrefes, por lo que el cuento puede construirse con preguntas tales como: ¿cuál era su carácter?, ¿de qué forma llegó a ocupar el cargo que en ese momento tenía?, ¿por qué expulsaba a los hermanos de la comunidad?, ¿qué posturas teológicas lo llevaban a actuar de tal forma?

Esto significa que el silencio de las narrativas bíblicas es el espacio de la imaginación de los autores que crean y recrean los cuentos a partir de los datos del relato bíblico, la información de trasfondos, la vivencia comunitaria en la iglesia, el poder comunicador de la palabra y los aportes que nos ofrecen las disciplinas de exégesis moderna disponibles para los estudios bíblicos.

La única pretensión de quienes escribimos los cuentos teológicos es proponer otras posibilidades, otros resignificados y mirar las cosas a partir de nuevas perspectivas. Así ensayamos otras maneras de decir y contar, ya sea por el relato, la ficción, lo autobiográfico, lo contextual o el encuentro dialógico de experiencias.

Metáfora del cuidado

Entregamos estos cuentos teológicos en el marco de un horizonte temático que es el de re-imaginar a partir de la *metáfora del vientre*, recuperando el sentido del cuidado y protección de la vida en toda su magnitud (física, psicológica, espiritual, económica, social y ecológica), para promover una manera alternativa de ser iglesias (comunidad), donde no sacrifiquemos a las personas por los dogmas y tradiciones, donde las instituciones no estén por encima de la dignidad humana y, sobre todo, donde no usemos la imagen de un "Dios violento y represor" para castigar y someter. Leonardo Boff nos recuerda que "el amor y la vida son frágiles. Su fuerza invencible viene de la ternura con la cual los rodeamos y los alimentamos siempre".

Los cuentos se organizan a la luz de los sucesos narrados en los Evangelios. La mayoría surge a partir de las narraciones bíblicas; otros, como los de Samuel Lagunas, Alvin Góngora, Hugo Oquendo y Juan Esteban Londoño, acuden a distintos géneros para llevar el texto bíblico a escenarios novedosos y disruptivos.

Mi agradecimiento a todos los escritores y escritoras, amigos del camino, con quienes compartimos el compromiso de soñar, sufrir y reimaginar otras realidades, otros mundos, que comienzan a gestarse en este mundo, en nuestras tierras latinoamericanas y caribeñas y, por qué no, hasta lo último de la tierra.

A mi entrañable amiga Maryrossie Vergara y Luzma De-Regil quienes me acogieron y cuidaron cálidamente en medio de la nieve y el frio de la hermosa ciudad de Ottawa, Canadá, donde terminé los detalles finales de este libro en marzo de 2020.

LA JUNTA DE LAS PARTERAS

Cristina Hincapié Hurtado

Éxodo 1

DE RODILLAS, ENTRE REZOS Y SUSPIROS, rogaban las mujeres a Yahvé que les diese sabiduría, al tiempo que con sus uñas enterradas en la hierba arañaban las entrañas de la gran madre tierra.

Ya entrada la noche y puesta la luna, bajo la carpa, en torno al fuego creador, todas susurraban los cánticos de la vida y la muerte, buscando escuchar los designios divinos para hacer según su palabra.

Sifra, invitándolas a acercarse, presidió su intervención con un gesto de preocupación:

—Escuchad hermanas las órdenes del Faraón. Si es hija de hebrea, entonces viva. Mas, si es varón, arrancadlo del vientre de su madre.

Un silencio recorrió la tienda.

—Al aceptar Eva la invitación de nuestra hermana Tiamat, la terrestre y acuosa serpiente y de curiosa lengua, nos abrió los ojos al misterio de la conciencia. Cuando abandonamos el paraíso, aparentemente castigadas, obtuvimos el sagrado regalo de la libertad —continuó Sifra—. Ya Caín nos enseñó la oscuridad de la muerte y su estirpe, la barbaridad de la guerra y del mal. Noé nos introdujo en los misterios de la renovación de los poderes establecidos por el hombre, y, en Babel, al confundir las lenguas, la divinidad nos confió el secreto de la única posibilidad de existencia de la vida: la diversidad. Nuestra elección, hermanas: obedecer o rebelarnos.

—¿Teme pues el Faraón perder su trono? —gritó entre carcajadas la anciana Ayelet, maestra de las parteras, y hubo murmullos entre ellas.

—Nuestros hombres han sido esclavos durante años. Hemos llorado sus partidas sin regreso y sus ausencias por los asesinatos sinsentido. Sabemos también nosotras de los martirios de la esclavitud, de los suplicios de la migración forzada, de la fe en la vida que se experimenta en la pobreza. Y en silencio hemos mantenido la esperanza de la revolución que ha de darnos la tierra prometida a los hijos de Israel —predicó con cierta rabia la joven Fúa—. ¿Atenderemos, pues, hermanas, el llamado de Elohim o temeremos al poder de un ídolo vacío con ínfulas de rey?

Con vigor se levantaron las mujeres en señal de aprobación. Sifra, con la certeza que se experimenta cuando se sabe que se actúa con libertad y con la conciencia del corazón puro y gozoso, lleno de gracia, suspiró.

Prepararon los aceites, las mantas, el agua de las poncheras y los rezos de bienvenida, y partieron rebeldes a recibir a hembras y varones, hijas e hijos de mujeres hebreas, desobedeciendo las órdenes del faraón con la esperanza de la tierra prometida encendida en sus pechos, sin temor a los hombres, convencidas de haber visto, en su asamblea, la gloria de la creación y el misterio la misericordia divina.

VIENTRES GRAVITANTES

Ángel Manzo Montesdeoca

Lucas 1: 39-45

¡SE DESPERTÓ DE UN SALTO! Su madre corrió al encuentro de su prima, aquélla que tenía fama de piadosa, pero estéril; esas cosas difíciles de comprender y que se prestan para las interpretaciones de los agoreros de cada tiempo. Pero en ella, él también saltó y hasta revoloteó. Era una forma distinta de lenguaje, más sublime, más profundo; sus vientres gravitaban con el abrazo abierto que juntaban ambas circunferencias.

Ambos bailaron ese día. Todo era alegría y contentamiento. Uno llegaría al mundo como un ser divino humanado, engendrado por el Espíritu. El otro, como ese gracioso don de Dios para sus padres en plena vejez. Ese día fue la danza de la vida, la dicha de los pobres y humildes que experimentan el favor de Dios. El embarazo de una mujer pasada la menopausia y el de una joven que no conoce varón parecen más una obra del mundo de las fantasías que de la realidad.

Yo me regocijaba con ellos porque también nacía, me formaba en otro vientre.

Nadie se imaginaría que la historia del hijo de la joven de Galilea estaría marcada por los sinsentidos y las incomprensiones. Su misión era para los otros, más allá de los suyos —"vendría a los suyos, pero los suyos no le recibieron"—; la vocación de su vida, los demás. Así se anclaban la alegría y el sufrimiento a ella, su madre, quien guardaba todo en su corazón, conversando en el silencio frente al misterio.

Él, ligado a la vida de su madre, lo sentía todo, incluso los miedos que la aturdian por comunicarle a José de su venida. ¿Acaso le creerían? Al tiempo que esa larga cabalgata para ser empadronado, aquellos revoloteos a lomo de mula lo hacían más fuerte, aunque casi no lo dejaban dormir.

Se sentía en ella, desde ella se pensaba, mamaba de su amor, se sustentaba de la ternura y era cuidado como el regalo sorpresivo de Dios. Él era, sin saberlo aún, el "Sí" que ella le había dicho a Dios, con todo lo que aquello implicaba para una mujer de su tiempo.

Los meses transcurrían y esperaba con ansias ver la luz de aquello que llaman "el mundo", pero se sentía bien en ella, quería el hábitat de su vientre no sólo como un espacio egoísta de su cuidado, sino a ella toda. Ella, que lo había cedido todo por él. Deseaba honrarla. Imaginaba que un día le dirían: "¡Dichoso el vientre que te dio a luz, y los senos que te amamantaron!". Y que ella confiaría plenamente en él, como diciéndole a los demás: "Hagan todo lo que él les diga, confío en mi hijo".

Nunca pasó por su mente el mal —lo malo—, en ese lugar no se conoce aquello. Tenía confianza; la protección y el afecto son la mayor seguridad para quien está en el vientre. Vinculado a ella por el cordón umbilical obtenía esa sensación de presencia plena. Ella, su madre, lo acompañaría siempre.

Era evidante que él no conocía aún la vida fuera del vientre. No se imaginaba las grandes diferencias que encontraría, ni el fin que tendría.

Al otro lado de la montaña, su primo era la dicha de la familia y lo celebraban con buen vino y panes cebados. Su llegada produjo la mudez de su padre, quien, siendo sacerdote, era aún aprendiz en los misterios de Dios; se comunicaba con ademanes y una amplia sonrisa: su primogénito se formaba en el vientre de su esposa.

Fue un embarazo de mucho cuidado. Ella había tenido varios abortos por su edad, y aunque confiaba en la promesa del Señor, también quería hacer lo suyo cuidándolo.

—¡Cuántas mujeres podrían ser madres a mi edad! —murmuraba sorprendida.

Le hablaba cada día, tarareaba aquella canción de cuna, leía las historias de los profetas del pueblo. Le repetía que había sido separado por Dios desde ahí, desde el vientre, y que el Señor lo había entretejido en lo oculto. Cuando su padre llegaba, besaba su barriga, le hablaba y hacía pequeñas bromas en su pensamiento: "¡Serás un varón fuerte y grande!", "¡Llenarás mi casa de nietos!"

Cuando dormían, ella se acomodaba para que él pudiera abrazar su vientre que poco a poco crecía más. Apegaba su oído, escuchaba el mar de la vida y su fuerza tempestuosa que se gesta como misterio estremecedor. Reía a carcajadas al sentir su salto:

—¡Es una patadita! ¡Él me escucha! —expresaba con lágrimas en los ojos. A ella le hincaban un poco las barbas de su esposo, pero lo disfrutaba. Nunca lo había visto así, tan emocionado y convertido en un chiquillo más. A un lado quedaron las poses de la seriedad sacerdotal. Mientras tanto, él, desde dentro, sentía sus cariños, se nutría de los afectos. Estaba contento con la vida allí, cuerdas de amor lo entrelazaban y lo afirmaban como alguien especial, único.

Se acercaba el tiempo, aquellos momentos de los que tanto había escuchado a otras mujeres hablar. ¡Los dolores de parto!, pero que para ella eran dolores de alegría. Tenía la tranquilidad, ya se conocían, ahora se verían. "¿Se parecerá a él o a mí?", inquiría en su mente. Por su parte, él estaba expectante, tenía curiosidad de saber cómo era la vida fuera del vientre, había escuchado tantas cosas desde afuera. Sin embargo, la alegría que le daban sus padres lo poseía de una calma apacible, aunque en el fondo, tenía claro que no conocía la vida fuera del vientre. No se imaginaba las grandes diferencias que encontraría ni el fin que tendría.

Para él, su madre entonó un salmo, su canto engrandecía al Señor por su visita a los humildes. La tradición llamó a este canto prenatal el *Magníficat*. En cambio, su primo se adelantaba, y cuando a su padre se le liberó la lengua, también cantó un himno de alegría, alabó al Dios bendito de Israel que se manifestaba a través del niño profeta nacido de ancianos. Se llamó a este canto posnatal, *Benedictus*.

Las alegrías que nos da la vida: la fiesta, el baile, el buen vino y el canto, se presentan como memorial sagrado, y se convierten en formas concretas de expresar, decir y anunciar. Reprimir la fiesta, el baile, el vino y el canto, es deprimir la vida.

Yo también había nacido. Fui cuidada en el vientre, protegida, alimentada, me sustentaron. Envuelta en la placenta de la comunidad era afirmada como especial, llamada por el Señor a su servicio. En este gran útero se albergaba todo mi mundo, y amé el vientre que me cuidó, yo era parte de él. Sabía que fui engendrada por la gracia y la misericordia de alguien que se entregaba por mí, alguien que supo dar el vientre para los demás. Así fui acogida como hija amada.

Mi alumbramiento no estuvo exento de complicaciones. No estaba en buena posición, fue necesaria la intervención de parteras y parteros. Ellos eran defensores de la vida, provida. Se oponían a cualquier forma de aborto. Arremetían contra mujeres que eran acusadas de pretender asesinar la vida de sus pequeños en el vientre.

—Su cuerpo no les pertenece —decían—. Es el templo de

Dios para las vidas que son de Dios y no de ellas —repetían—. Ellos me ayudaron a ver la luz y a salir del vientre.

Al inicio todo me resultaba nuevo, pero emocionante, era un nuevo mundo. Mi corazón mantenía el ritmo de mi vientre. Todos se veían contentos conmigo, les alegraba mi vida y eso daba sentido a mi existencia. Comencé a crecer, siempre apegada al vientre. Poco a poco, la vida fuera del vientre fue resultando muy distinta a lo que viví adentro. Ahora observaba discordias, falsedad, engaños, tristezas y persecución. Se atacaba la vida de algunos recién nacidos. Las madres ya no estaban al mando del cuidado, sino ellos, los padres, quienes fuera del vientre ocupaban el rango de jerarcas.

Conocí diversos casos y casos repetidos: aquellos que nacían con potencial en la vida, tenían la sentencia de exterminio. Los custodios de la vida —providas—, recibían consignas claras del tipo de ser que se debía formar. Aquellos que en su crecimiento posean algún tipo de "deformidad" o "defectos" debían ser lanzados al abismo. Se quería conservar así la pureza, la línea de pensamiento y el control del sistema.

Entonces lamenté mi vida fuera del vientre y quise regresar a mi matriz. Mi corazón se debilitaba, pero las leyes establecidas me impedían volver. Tuve que crecer con el miedo por compañero, el apego a las normas como guía, y la obediencia como beneficio de gratificación.

Un buen día me encontré con amigos de otros vientres que me invitaron de paseo. No tenía autorización para juntarme con aquellos que no eran de mi propio tipo de vientre, pero fui con ellos: mi primera gran transgresión. Hicimos diversos recorridos, visitamos nuevas islas, y conocí otros mundos, tuve otras experiencias, y aprendí otras maneras de vida. Nos divertimos.

Por mi parte, todo lo guardaba hacia mis adentros, y no podía dejar de pensar: "Esto es más de lo que me habían dicho".

A esas experiencias se sumaron otras, y muchas más. Crecía, no sólo bajo mi vientre sino en relación con otros vientres, me alimentaba, los nutría, aprendíamos y celebrábamos la amistad. Aunque no lo niego, a veces me asustaba crecer.

Así la vida me resultó más plena, más amplia, más apasionada, y me lancé a vivirla.

De pronto, mientras dormía plácidamente, fui arrestada por los parteros provida. Me informaron que estaba acusada de cierta "deformidad". Me examinaron de cabo a rabo, de arriba abajo y detectaron para sí algunas "malformaciones" que contrastaban con mis demás compañeros de vientre. "Tú no eres igual que los demás". "Te has salido del redil". "No te sujetas a las normas". Aquel día recibí una marca inesperada, la marca de diferente. Yo insistía que era parte de ellos, pertenecía al mismo útero, salí del mismo vientre al igual que los demás.

—Los amo —les dije, pero ellos insistieron en signarme como distinta. Entonces lloré, lloré como nunca, lloré con el alma partida, sin ritmo en el corazón, con las ilusiones rotas y experimenté el abandono, solo podía decir: Dios mío, Dios mío, porque me has abandonado. Sabía el fin que les esperaba a los "deformados".

Recordé a mis hermanos, en especial a aquél que después que salió del vientre, viviendo para los demás fue acusado y asesinado por los de su propia matriz (hermanos de útero). Pero su madre estuvo con él hasta el final, en los momentos más difíciles de su vida.

Ahora, yo era abortada por los jerarcas a través de los provida del vientre. Me resultaba de lo más hipócrita que quienes defendían con empeño la vida de los que estaban en el vientre, fueran incapaces de cuidar la vida de quienes saliendo del primer vientre nos formábamos en el vientre de la comunidad. Con sus pancartas de «Defensa de la vida» mostraban que les importaba más la vida de los niños no nacidos que el cuidado de la vida de aquellos que ya habían nacido y ahora crecían.

Volví a recordarlo: él tenía a su madre, su nombre era María. Siempre lo acompañó e incluso en la hora más difícil ella estuvo allí, a los pies de la cruz. Yo buscaba a mi madre, el vientre que me albergó, pero no la encontré, solo me topé con alguien que me dijo: —El vientre que te parió te dejó esta nota.

Y la nota decía:

Te esperamos en el templo, celebramos la vida. Atentamente: La Iglesia".

LOS VOLÚMENES DEL VIENTO

Samuel Lagunas

Juan 3:8

Atilio vivía en una de las ciudades sin aire. Eran cuatro en todo su distrito. Edificaciones monumentales en las alturas con forma de estadio de fútbol y blindadas con una armadura de metal que las envolvía por completo en un abrazo frío y apático. Para Atilio, ese abrazo era su casa. Sólo adentro de él estaba seguro de que el viento no le haría ningún daño. Eso lo había aprendido de su padre: "El viento es un peligro, puede hacerte ir a donde no quieres. Por eso hay que controlarlo".

Las Historias eran claras. Las Ciudades sin Aire, junto con la Espirina, eran lo mejor que le había pasado a la humanidad. Allá, arriba, estaban a salvo de las trampas de las ventoleras y de la inclemente e imprevisible fuerza de los huracanes. Pero también estaban a salvo de los otros: los Invisibles. Ellos habían sido las mayores víctimas de los ventarrones, o al menos eso contaban los Libros. Eran hombres y mujeres cuyo cuerpo cada noche era sacudido por los vendavales, golpeado por los remolinos, aplastado por las brisas. Toda esa constante exposición, aseguraban las Fuentes, los había hecho más débiles, enfermizos, como veleros rotos a punto de desvanecerse. Los habitantes de las Ciudades sin Aire memorizaban esas Historias y las repetían noche tras noche a sus descendientes. Guardar la tradición era su forma de combatir el miedo.

El otro hallazgo había sido la Espirina. No se podía prescindir por completo del viento, y en las Ciudades sin Aire corrían el riesgo de asfixiarse. El padre de Atilio, con varios amigos más, tuvo la sofisticada idea del Condensador. Gracias a una compleja y meticulosa red de acero que se extendía a través de los muros de las Ciudades, cada mañana los habitantes se metían en una regadera donde, en vez de agua, se bañaban con una dosis específica de soplos: para la piel, para los conductos nasales, para la circulación, para el cerebro. Lo suficiente para comenzar el día sin dolor de cabeza. Luego, cada quien recogía su dotación de cubos. Si bajaban, recibían doce pequeñas cápsulas. Si se mantenían en las Ciudades, seis. Esos comprimidos tenían el nombre de Espirinas.

—¿Por qué? —había preguntado Atilio una vez a su padre.

—A veces, el aire también está lleno de sonidos que son como fantasmas. De cada una de estas pastillas nosotros hemos quitado el ruido, no hay aquí ninguna voz que pueda engañarte. Sin embargo, al final, todos necesitamos el viento para respirar. Pero nunca debemos aumentar las dosis. De lo contrario, enloqueceríamos y quién sabe en qué cosa podríamos convertirnos. Como los Invisibles.

Atilio nunca se lo dijo a su padre, pero había días en que sólo pensaba en eso: desaparecer y convertirse en alguien más.

❁

No había razones para cometer un error. Cada actividad del día, cada desplazamiento, cada decisión, todo estaba tan calculado y predispuesto que para escapar de esa rutina era necesaria una poderosa voluntad: un tornado de determinación. Y los habitantes de las Ciudades sin Aire podían ser muy tenaces, pero sólo para apegarse a lo establecido. Cada mañana, quienes descendían de las Ciudades para trabajar con los Invisibles, iban cubiertos por una enorme túnica que protegía su piel de cualquier viento inesperado. Sus rostros también estaban envueltos en una estilizada escafandra que impedía que los Invisibles los vieran a los ojos. Atilio se encargaba de vigilar que los únicos Invisibles que entraran a las Oficinas fuesen los autorizados. Sólo quienes pasaban un proceso rebuscado de admisión (declaraciones juradas, desinfección por inmersión en agua, exámenes mentales y físicos) podían trabajar en los proyectos de las Ciudades sin Aire: la recolección de materias primas, la fabricación de nuevas estructuras de acero, el procesamiento de residuos.

Atilio también les entregaba a los nuevos sus uniformes de trabajo. Eran camisas que los forzaban a caminar encorvados y hacían mucho más incómoda su tarea. Los pantalones también pesaban tanto que lo más sencillo era arrastrar los pies. Códigos tan aparentemente insignificantes como esos mantenían sometidos a los Invisibles. O eso era, al menos, lo que le habían hecho creer a Atilio. Que los Invisibles estaban allí porque era la única forma de salvarse y de mejorar su ya de por sí miserable vida.

Cerca de las seis de la tarde, Atilio empezaba a recoger los trajes y despedía a los trabajadores. Para las 6:43 los habitantes debían volver a las Ciudades sin Aire. Ésa era la hora en la que el viento empezaba a comportarse de formas insospechadas. Pero a los Invisibles el cambio no parecía inquietarles. Al contrario, todos esperaban la noche con una alborotada alegría.

—Es una consecuencia de la oscuridad en la que viven —había dicho alguna vez el padre de Atilio—, ya no saben distinguir lo que les conviene de lo que no.

Atilio, al verlos siempre tan ansiosos por salir de las Oficinas para perderse entre la noche y los aires, comenzaba a dudar. ¿Y si todo era diferente a lo que le habían contado?

Para que Atilio escapara de las rígidas regulaciones de arriba, tenía que vestirse como uno de ellos. La camisa no lograba entrarle ni por las mangas. La tela era áspera y estaba recubierta por un plástico que desde el principio amoldaba su cuerpo. Para quien lo vivía por primera vez, resultaba bastante doloroso. Conforme más se adentraba en la forma de la camisa, más le calaba la piel y los músculos. Era como si un hombre quisiera entrar de nuevo en el vientre de su madre. Tendría que agacharse, doblarse las rodillas, romperse un hueso incluso. Atilio no supo si algo se le rompió, pero cuando terminó de ponerse toda la ropa casi daban las 6 y su pierna izquierda le dolía tanto que no sabía si podría caminar.

Atilio arrastró un pie, luego otro. Así, paso a paso, llegó a la puerta de salida que él acostumbraba a vigilar. Ahora no había nadie más que una voz interior que le advertía que si atravesaba ese umbral nada volvería a ser lo mismo. Uno de los supervisores, el que debía cerciorarse de que todos los Invisibles estuvieran fuera, lo llamó para decirle que no podía abandonar las Oficinas con el traje puesto, así que Atilio obedeció de inmediato y apuró su salida. El supervisor estaba desesperado por regresar arriba, así que en cuanto tuvo el uniforme en sus manos y revisó que no hubiera nadie más en su área, empujó a Atilio hacia afuera sin importar si lo lastimaba. Como ahora era un Invisible, ya no importaba la forma en que lo trataran.

Atilio no conocía la noche. Tampoco el viento. Sólo había experimentado las Espirinas. Cuando estuvo afuera, sin su escafandra y sin la túnica protectora, sintió cómo una corriente de aire lo atravesaba y enfriaba todo su cuerpo. Notó que ahora pesaba menos. Pensó que ya estaba empezando a desaparecer. Las ráfagas no se detenían. Temió que alguna de pronto lo levantara y lo azotara contra un muro. Apenas podía sostener la mirada hacia el frente. Necesitaba encontrar a algún Invisible y seguirlo. No escuchaba más que vocecillas que se adelgazaban hasta convertirse en rumores, pero no estaba seguro si se trataba de alguna charla informal, o si era el sonido de los fantasmas que habitaban en el aire.

Un brazo lo sorprendió a sus espaldas y lo sostuvo fuerte diciéndole:

—Ven conmigo.

No supo cómo ese hombre se movía sin esfuerzo en medio de la oscuridad y los vendavales. Era como si volara.

—¿A dónde me llevas? —logró preguntar Atilio, tartamudeando.

—Vas conmigo y eso es lo que importa.

Tanta velocidad acabó provocando que Atilio se desmayara sin saber a dónde se dirigía.

Pensó que nunca iba a despertar.

Y despertó.

El escenario seguía sumido en las tinieblas, pero ahora él estaba más tranquilo. A pesar de la oscuridad, poco a poco se alcanzaban a ver algunas siluetas deformándose constantemente: como si brincaran. Atilio trató de incorporarse y buscó un muro para apoyarse. No había nada firme allí. Aun así, logró ponerse en pie y caminar hacia donde estaban los cuerpos. Sus voces, ahora lo distinguía mejor, eran cantos. Y sus saltos, bailes. Atilio estaba por llamarlos, cuando ocurrió lo que más temía. Un torbellino se formó detrás de él. Al querer voltear, era demasiado tarde. Estaba metido en el movimiento espiral de los anillos. Sus pies ya no tocaban el piso. A veces estaba arriba, a veces abajo, a veces de cabeza, a veces de costado. No supo cuánto tiempo pasó allí adentro ni cuándo el miedo se había transformado en sorpresa. Que el viento te abrazara era mucho mejor que la opresión de ese armatoste metálico al que llamaba casa. No sabía si se trataba de algún sonido específico el que lo llamaba, pero la música del aire lo invadió por completo. Cuando fue devuelto al suelo, Atilio estaba seguro de que había desaparecido. Entonces distinguió un grupo de Invisibles venir hacia él. Todavía había viento, pero era diferente: apacible, como una caricia. Así que el aire también podía ser tierno. Esa experiencia nunca conseguiría repetirla el Condensador, ni ningún volumen de Espirina. Atilio estaba seguro de que ya nada volvería a ser como antes. Los Invisibles lo rodearon. La noche estaba iluminada por la luna. Era la primera vez que veía sus rostros. Después de todo no eran invisibles: tenían sus manos, sus pies, sus bocas, su cabello. Cada uno tenía su propio tono de voz. Era la primera vez que los olía. Todo se revelaba ante Atilio como nuevo.

No sabía a dónde había llegado ni qué haría a continuación, pero jamás se había sentido tan emocionado. Ahora podría conocer la historia completa, no nada más lo que había aprendido en las Ciudades sin Aire. Un nuevo horizonte se abría delante de él y no estaba solo. Era como si hubiera vuelto a nacer.

DIÓTREFES

Ángel Manzo Montesdeoca

3 Juan 9

Todo lo tenía controlado. Sus mentes, cuerpos y hasta conciencias; dominados por el lacerante látigo del temor y la estrategia del miedo.

Es la autoridad, pero no cualquier autoridad. Se trata de una autoridad investida de lo alto, lo tremendo e inefable del misterio de quien se asume "el elegido".

Valiéndose de artimañas expulsó a miembros de la comunidad, entre ellos a varias mujeres. Desprestigió a los predicadores itinerantes y a jóvenes iniciados en el ministerio los convirtió en amenaza tachándolos de "poco sumisos".

Quién diría que detrás de esa personalidad cordial, sonrisa amable, peinado de lamido de gato, ojos saltones, vestuario regio, cuerpo rechoncho y posturas estilizadas de militar frustrado al que solo le quedó la religión, se escondían tantos secretos… Y para triste fortuna de la comunidad, la carta llegó a sus manos.

Buscó donde leerla, un lugar a solas, libre de miradas y del bullicio. Sintiéndose seguro, desenrolló la carta. Su mirada estaba fija. Las facciones de su rostro denostaban rigidez, frunció el ceño.

Terminó de leer. Su respiración se aceleraba, sudor aparecía en su frente mientras el sol canicular del Mediterráneo invitaba a cubrirse. Rompió la carta, la hizo añicos, la maldijo, escupió sobre ella, y la lanzó al lago.

❉

Nadie podía negar sus virtudes. La familia tenía una larga tradición, su padre fue un Anciano y predicador de gran influencia en las comunidades joánicas de Asia Menor. Su madre se había dedicado a instruirlo en el camino recto de Yahvé. Aunque eran tres hermanos, él siempre ocupaba el lugar central, era el mayor, el destinado a seguir la vocación del padre.

En cierta ocasión fue detenido por la guardia romana al encontrarlo contendiendo contra los sacerdotes de Zeus, a quienes decía:

—Mi Dios es el verdadero. Vuestro paganismo lo único que hará es atraer ira y castigo. Sus dioses son falsos, son dioses con "d" minúscula. Sus sacrificios ofrecen culto a satán. En la ley está escrito "No te harás dioses"…

Se expresaba con tal vehemencia y cierta dosis de demencia que captaba la atención del populacho. Pero el sacerdote lo increpó:

—Cierra tus labios antes de hablar de la Divinidad y usa la inteligencia para poner freno a tu palabrería. Tú, que hablas de no hacer dioses ajenos, sigues a un hombre condenado y crucificado por la ley judía y que ahora proclamas dios. ¿Acaso eso no es idolatría? Cuestionas a nuestros dioses y pretendes imponernos tu particular dios. ¿Por qué crees que asesinaron a tu dios, no recuerdas que fue por creerse Dios?

En ese instante Diótrefes se quedó sin palabras. No esperaba una réplica tan contundente del sacerdote a quien menospreciaba considerandolo idólatra.

Ante las miradas del público que esperaban alguna respuesta, prefirió resguardar su ignorancia, reaccionando con violencia e insultos.

Algunos corrieron el rumor que Diótrefes había "defendido la causa del evangelio". Y que en pleno centro de la adoración pagana "fue luz a las tinieblas y vista a los ciegos".

Al regresar al pueblo, la comunidad salió a recibirlo con algarabías. Era más lo que otros comentaban que lo que él mismo pudo decir. Pero disfrutó los elogios, la forma con que ahora lo miraban le parecía distinta; la admiración de la que era objeto resultó como un delicioso manjar de almendro con miel. Amó la preeminencia y quiso ser su amigo (filoprimatosis). No se lo rehusó.

A las historias que ya se habían propagado por el pueblo se le sumaron otras…

❋

Así el tiempo pasó en una cultura donde no se mide, ni la prisa tiene su apuro.

Su padre murió en buena vejez, y él se casó con Mara. La bendición de Yahvé le dio tres hijas, aunque lo consideraba una bendición incompleta. La comunidad La Elegida sorprendió con una decisión inesperada. Resolvió enviar a Diótrefes a la nueva comunidad donde requerían de obreros.

Gayo presidía la joven comunidad, junto con otros líderes destacados: Demetrio hijo de Tadeo y Sara hija de Hamir.

Después de varios días de camino llegaron; fueron recibidos con alegría y gran estima. Se preparó una vivienda contigua a la casa de Hamir, con habitaciones para atender a los extranjeros que pasaban.

En esta comunidad amaban de forma radiante y concreta sin rimbombancias de ósculos santos. No como un misterio gnóstico a buscar la presencia divina en el más allá, sino con una creencia práctica y sencilla. Un encuentro con Dios en el prójimo que se podía palpar, ver y que conseguía desestabilizar a cualquiera que buscaba pensar en sí mismo. Acogían a los extranjeros como si fueran de los suyos, los invitaban a participar de sus ágapes. Otros recorrían las calles de la ciudad y rescataban a los huérfanos; libraban a los niños y niñas de la pederastia y del hambre. Había un grupo destinado a acompañar en el morir dignamente, iban a los campamentos de leprosos y enfermos para proveerles de agua, pan y oraciones. Muchas viudas habían sido rescatadas de la prostitución, y otras, cuyo único medio de subsistencia era ése, aceptaron incorporarse a la comunidad.

Aquello era algo nuevo para Diótrefes, y aunque le agradaba lo que veía, no podía dejar de preguntarse por la pureza, las buenas tradiciones, las consecuencias de juntarse con cierto tipo de gente, los riesgos de contaminación moral, y cómo esto desencadenaba que las mujeres involucradas con la causa diaconal no permanecieran en sus casas. Se sorprendía de la apertura a todas las personas sin distinción de condición social, raza y religión; lo que le causaba espasmos de incomodidad, especialmente porque ponía en crisis su ortodoxia.

A Mara en cambio, le encantaba lo que veía. Estaba fascinada al percibir un mover del Espíritu tan único y diferente a todo lo que conocía hasta ese entonces de las nacientes comunidades.

Termina el día de larga faena, se busca el reposo con el engaño del sol que se oculta y le abre paso a la luna. Aquella fue una noche como tantas otras, como las que por varios años se habían dado.

Ella ardía de pasión y su cuerpo vibraba. El cortejo íntimo

marital tenía códigos preestablecidos, calcados por la rutina y sustentados en la memoria. Lo conocía bien: Él se acostaba primero mientras arreglaba las cobijas. Ella iba al baño a prepararse, al regresar él yacía como dormido. Se juntaba simuladamente al punto de rozar su vestido con su carne.

Todos duermen y las estrellas ofrecen un destello de claridad en sombras nocturnas que permiten ser lo que ocultamos en el día.

Sus labios van a su cuello como el león a su presa, mientras la agarra por detrás palpando el contorno de su cuerpo. Le quita el vestido. Afirma su pecho a su espalda blanca descubierta. Puede sentir su respiración y las contracciones que se delatan a la altura del pubis. Ahora parece danzar untándose en posición a sus glúteos. Sus brazos la toman con fuerza como encerrándola en círculo. El aroma de su piel le dice estar en tierra conocida. Entrelaza sus manos con las de ella para dirigirlas entre sus piernas donde altas temperaturas se han hecho evidentes. La escucha susurrar. Le pide que siga. Lo dice con la esperanza de que las cosas sean diferentes y no terminen como siempre…Pero es lo de siempre.

Tras la fuerte exhalación, todo termina. Ella corre al baño a limpiar la humedad de sus semillas. Las que se vienen antes de ser sembradas en terreno fértil. No hablan de eso, simplemente es así. Es la intimidad, y Mara teme decir algo porque atenta al orden social donde se pide que la mujer permanezca en silencio.

✳

Al día siguiente Diótrefes tiene más energía que nunca. Se reviste de omnipotencia. Las actividades en la comunidad son largas y extenuantes. Los asuntos administrativos, el bautismo de los iniciados, la búsqueda de un espacio más amplio para que todos tengan lugar en la eucaristía… Son varios de los avatares que ajetrean los vaivenes del día.

Las propuestas de Sara son bien acogidas por la comunidad; goza de mucha confianza por parte de Gayo, quien ya anciano encarga la comunidad a Demetrio.

Diótrefes ha ganado bastante aceptación. Llegó a la comunidad con una profecía que le abría puertas. Así fue conquistando el favor y admiración de varios líderes, en especial por su interpretación de la ley. Siempre busca que el sentido de los textos encuentre su radicalidad y temas como satán, el mundo, el pecado, el orden, la inmoralidad sexual, salen a la luz en sus predicaciones, aunque el texto no los traiga.

Demetrio ha recibido la noticia de la muerte de un familiar lejano y deberá separarse de la comunidad por varias semanas. Tendrán que decidir su reemplazo. Gayo no está en condiciones por su edad de retomar la grey, asi que reunidos el cuerpo de ancianos y líderes, determinan que mañana se decidirá.

El día está por terminar, Diótrefes lo siente extenso, prolongado, fuera de lo común. Al llegar a casa, le cuenta a Mara lo que está por suceder:

—¡Creo que ha llegado la hora del cumplimiento de la profecía!

Ella le cuenta que pudo salir con Sara a un recorrido por el pueblo en busca de víveres para la preparación de los alimentos de la comunidad. Diótrefes continúa diciendo que al no disponer de otros líderes con las competencias necesarias para presidir a la comunidad —casado, con hijos, instruido, buen testimonio—, lo más seguro es que opten por él. Aquello puede ser una gran oportunidad.

Mara parlotea detallando que el mercado estaba lleno. Al caminar, debían cuidarse la una de la otra para no ser apretujadas por el tumulto. Se había sentido tan bien con Sara, le parecía una líder con un sincero compromiso.

La voz de Diótrefes cambia, se modula con bajos sonoros, estaba ilusionado por la posibilidad. Se imaginaba frente de la comunidad dándole indicaciones. Surgieron ideas y proyectos que, a manera de alucinación pasaban por su mente.

—¿Me estás escuchando?, dice Mara.

—Oh, sí, claro. Agradezco que ores a Yahvé por la decisión que tome Demetrio.

Se ocultó el sol.

Esa noche Diótrefes estaba muy excitado, pensó que ahora sí lo lograría y que al fin una penetración lo posicionaría…, quizás obtendría el varón que tanto había anhelado, pero al regresar ella del baño, él se levantaba. Ahora la emoción pudo más. No había sentido el cuerpo de Mara cuando se vino, como si algo más excitante que la esbelta figura de su esposa lo sedujera y lo llevara al clímax.

El gesto de resignación lo decía todo. Mientras él roncaba, ella perdió el sueño. Surgieron imágenes de su salida con Sara, aún sentía el calor de su mano cuando la tomaba por las calles del mercado. Pensaba en su juventud y energía. En las risas que habían tenido hablando de los pretendientes; y en cómo, siempre en complicidad con sus padres, aumentaban la dote para que nadie pueda recibirla como esposa.

Recordó que se detuvieron en una tienda de telas. Sara se había probado unos linos de colores. Quedaban perfectos en su cuerpo y jugaban con su color de piel. Mara le había puesto el cinto aprisionando la cintura para considerar como lucia, y en el instante que pasó su mano sobre su muslo, una especie de descarga magnética sacudió su cuerpo y la hizo dormir plácidamente.

La hora había llegado. Todos estaban seguros de que el candidato al puesto sería Diótrefes; pero, en voto secreto, Demetrio comunicó que su reemplazo sería Sara.

La comunidad quedó callada un momento, pero reaccionó favorablemente y con alegría. Sara ya era considerada como una de las dirigentes, aunque no tenía reconocimiento público alguno por parte de las autoridades. El semblante de Diótrefes se descomponía, su interior se transfiguraba. En aquel momento algo se quebró en él, vio frustrados sus deseos una vez más.

El liderazgo de Sara era parecido al de Demetrio. No le interesaba el protagonismo y se enfocaba en el empoderamiento de la comunidad. "Todos somos el cuerpo de Jesús", solía repetir. A partir de esto Diótrefes la consideró rival peligrosa.

Ya sin Demetrio, y con Sara al frente de la comunidad, las relaciones con Diótrefes se volvieron tensas. Sus intervenciones al leer y comentar la ley apuntaban a desprestigiar el liderazgo de las mujeres. Así arremetía formándose un regio prestigio de varón fuerte, poseedor de una masculinidad sagrada, amo y señor pantocrátor de la casa. Escondía sus desconocimientos y limitaciones con el cliché de la "La ley dice". Cuestionaba así la decisión de Demetrio al colocar a una mujer por cabeza de la comunidad, lo que a su parecer era un atentado contra el orden divino establecido.

Mara no miró con agrado todo lo que Diótrefes hacía, y se animó a reconvenirle en su actitud, pero recibió como respuesta el puño cerrado de su esposo sobre su rostro, por haberle levantado la voz, argumentó. Mara salió de casa, temía que algo peor pudiera sucederle.

Un encuentro inesperado se produjo aquel día.

Llegó a la ribera, a consolarse como de costumbre. En el camino se encontró con Sara, buscaron un lugar apartado. Asegurándose que estaban solas, rompieron en mares de llantos.

Le contó lo que vivía con Diótrefes. El infierno en que se transformó su deseo de ser líder principal y el secreto que había guardado. La vida de impotencia que llevaba y la aparente imagen de hombre seguro.

—Son sus propias inseguridades y complejos los demonios que lo atormentan —dijo Sara—.

—Pero él no era así —decía Mara—. Todo empezó desde que lo detuvieron los romanos y regresó a la comunidad. Algo le hicieron creer, algo él creyó, y algo cambió. Es como si al seguir este camino trazara su ruina; difícilmente tiene paz, todo es una competencia. Ahora entiendo lo que decía la carta...

—¿Qué carta? —preguntó Sara.

❋

En ese momento, Mara abrazó a Sara, tan pero tan fuerte que ambas pudieron palpar el tamaño de sus senos, el espesor de sus caderas y la firmeza de sus piernas. Se miraron fijamente, hablaban sin decir palabra.

En ese mirar sin pestañar sintieron que debían dar un paso hacia fuera de lo normativo socioculturalmente. Tal vez se trataba sólo de un acto rebelde, o simplemente el coraje de crear otro mundo, recuperar la experiencia negada, otra sensación posible: transgredir lo prohibido. Mara le dijo:

—Tú eres nuestra dirigente, no debes preocuparte por el qué dirán o cómo serás vista por ser soltera y sin hijos. Nuestro Maestro fue soltero y no tuvo hijos. Recuerda, somos desde el principio del movimiento las proclamadoras de las buenas nuevas, aunque en nuestra historia hombres como Diótrefes se han impuesto sobre nosotras.

Sara replicó:

—Entonces, como la pastora acogeremos a todos en la comunidad sin distinciones. Si Dios no hace acepción de persona, tampoco nosotros lo haremos. No pondremos trabas para recibir y aceptar a todos los que se refugien en la gracia de Dios. Nos afirmaremos en el cuidado de los vulnerados: leprosos, enfermos, extranjeros, viudas, niños y paganos. Seremos comunidad cuidándonos, una comunidad que sabe dar el vientre y albergar la vida.

—¿Y si te disciplinan o te expulsan como hereje? —comentó Mara.

—Pues seré fiel a la causa del Maestro, ya que quien nos juzga es el Señor y no los hombres —dijo Sara.

Exhalaron profundamente, salieron lágrimas de esperanzas… y juntas sonrieron a carcajadas sueltas que se podían escuchar a largas distancias.

De pronto escucharon un ruido…voltearon la mirada y observaron a un Diótrefes perplejo y atónito ante lo que había visto y oído.

❋

Mara nunca había revelado el secreto de la carta, aquella que Diótrefes se encargó de destruir, pero que un ángel restauró para que un día mientras Mara lloraba a las orillas de la ribera pudiera leer desde las aguas:

"El hombre bueno, del buen tesoro de su corazón saca lo bueno; y el hombre malo, del mal tesoro de su corazón saca lo malo; porque de la abundancia del corazón habla la boca. Alerto a la comunidad que recibí la denuncia de varias mujeres y hombres, de jóvenes iniciados, abusados, violentados y disminuidos por Diótrefes quien ama ser el principal. Tened cuidado de hombres así, ellos se deleitan en mandar y esconden sus miedos con la feroz violencia. A a los tales evitad. En el amor de Jesús, el Anciano".

LOS PERROS

Gabriela Miranda García

Marcos 7: 24-30

L A GENTE QUE VIVE EN LAS GRANDES CASAS con jardines tiene perros. Unos son tan grandes que dicen que pueden pelear con leones e ir a la guerra y que algunos logran costar muchísimos shekels. Yo vi algunos cuando acompañaba a mi madre a limpiar en esas casas, eran perros disciplinados como soldados y como soldados serviles. Les temía.

Pero los perros son parte de mi historia. Mi madre y yo vivimos en una casa casi sin muebles y casi nadie nos hablaba, porque no había marido. En Tiro hay personas que vienen de muchos lados, se les ha expulsado, pero siempre quedan algunas.

También a personas como mi madre, que nacieron en estas tierras fenicias, se les quiere fuera. Pero ella no se fue, se quedó como otros. ¿A dónde podríamos ir sí aquí nacimos y también aquí nacieron nuestros antepasados? Por eso vivimos como si no existiéramos.

Los judíos nos desprecian y los romanos también, los vecinos creían que mi madre era mala por eso de ser mujer sin marido, así que vivimos quedito, a hurtadillas, silenciosas.

Pero me enfermé y el silencio de mi madre cambió. Se volvió un grito desesperado, un aullido como el de los perros.

Decían que ese hombre que venía de Galilea curaba a la gente, era un judío, galileo, campesino, pero curaba. Y yo necesitaba curarme y mi madre necesitaba que yo me curara. Fue a ver a aquel hombre, a pedirle el favor, estaba en una casa, una casa judía y no podía entrar. Como un judío no entraría en la casa de una sirofenicia para no contaminarse, ella esperó afuera, cuando pudo corrió hacía él y se arrodilló. Le rogó por mí, le suplicó que me sanara.

Pero el judío se negó, dijo que no. Ella rogó más y más, y él para quitarse de encima a esa mujer cuya hija enferma no dormía en una cama sino en una mesa, una mujer que debía salir de su casa a trabajar, sin marido, viviendo escondida, le dijo unas horribles palabras:

—No está bien dar el pan que es de los hijos a los perros.

Pero mi madre que limpiaba el excremento de esos perros y los había visto comer pan y carne cuando ella no tenía nada, le contestó:

—Aún los perros comen migajas bajo la mesa de los hijitos de sus amos.

No sé si él se conmovió, o si le pareció que ella conocía todo sufrimiento, o si sólo quería que se fuera, pero le dijo:

—Por esto que has dicho, cuando vuelvas a tu casa, encontrarás a tu hija sana.

Y me curó.

Aún ahora, cuando escucho ladrar a un perro, pienso en mi madre y en ese hombre, y sé que las personas, incluso las más despreciables, estén afuera o adentro, merecen un pan y no las migajas que caen de la mesa.

DE MARÍA A LA IGLESIA

Brenda García

Juan 19: 25-27

NO FUE DIFÍCIL PARA MARÍA iniciar una relación con José, el carpintero del pueblo.

Hombre justo, valiente, piadoso, cumplidor de la ley, todo un caballero. Por quien sus ojos se deleitaban y sus labios se apretaban. José siempre tenía una solución para todo, no solo para un mueble roto, sino para toda la vida. Compartían sueños, ilusiones, un amor que floreció en un valle entre colinas altas, viendo caravanas, pero, sobre todo, compartían la búsqueda de la justicia, el amor al prójimo, la esperanza y la confianza en Dios padre, a quien continuamente oraban.

La pareja se unió formalmente y se convirtieron en una familia que muy pronto esperaría la llegada de su primogénito. En boca de muchos se escuchaba hablar de "la sagrada familia" sin saber el sufrimiento venidero.

Por caprichos de un rey con castillo y con corona, pues existen sin corona y sin castillo, que trajo consigo la amenaza de inestabilidad política, tuvieron que huir para Egipto. De camino a Egipto, María ve llegar los dolores de parto. Sin tener donde reposar, ni techo, ni parentela, el primogénito de María vio la luz, en medio de la creación como testiga.

Al transcurrir un tiempo les llegaron noticias de que Galilea estaba en calma y decidieron volver, para entonces con más hijos e hijas…

Ni María, mucho menos José, sabían explicar el porqué de los carismas de Jesús, su hijo. Pues, aunque parecía ser un chiquillo como cualquier otro, en el fondo no lo era. Jesús creció, jugueteando, corriendo, buscando insectos en el verano, soplando las flores, cuando los pétalos podían fácilmente desprenderse y volar por el aire.

Fue tras la muerte de José que María asumió el liderazgo de la familia, aun en contra de las tradiciones y costumbres de aquel tiempo. Este liderazgo fue heredado a Jesús, por ser su primogénito y porque era quien más se identificaba con su madre. Al igual que María, a Jesús no le gustaba ver gente enferma, ni posesa, mucho menos que los niños y las niñas fueran despreciadas.

Era difícil encontrar a Jesús solo, tenía a su alrededor muchas personas que se sentían atraídas por ser aceptadas, comprendidas y sobre todo amadas. Y así se sentían con Jesús, a quien constantemente comparaban con su madre, María.

Los nexos familiares en Galilea ya eran pocos y una nueva fuente de ingresos hizo que María migrara a los alrededores de Jerusalén. Jesús llegaba de visita para las fiestas de la pascua, sin saber que en una de ellas su final se aproximaba.

María no daba crédito a lo que sucedía frente a sus ojos. Jesús, su hijo amado, era culpado de sedicioso en una trampa que políticos y religiosos corruptos de aquel tiempo le tendieron. El ambiente tenso que se respiraba en Jerusalén por las acusaciones sobre Jesús no doblegó el deseo de María de estar cerca de él, de verlo, de que la viera, de buscarlo, de dar la cara por él, de que supiera que no concebía ver extinguida su vida de esa manera.

Y a pesar de muchos intentos por salvarlo, sufrió y padeció

el dolor de ver colgado de una cruz a su hijo amado.

Algunos amigos y amigas de Jesús, después de su muerte, tenían el deseo de estar juntos para las fiestas de Pentecostés; y como venían de diferentes poblados no tenían pan, ni techo donde quedarse en Jerusalén. Fue Juan el que le preguntó a María si podían pasar la noche en la azotea. María no pudo negarse. En los ojos de las amigas y amigos de Jesús, ella podía ver el rastro de lo que su hijo, ahora muerto, había sembrado. La casa se llenó rápidamente. No había pasado mucho tiempo desde que Jesús colgara de una cruz y el dolor que eso les ocasionaba era mitigado por la fraternidad del grupo, a quien María decidió acoger aquella noche.

El tiempo pasaba rápidamente y no se hicieron esperar las anécdotas de lo que habían vivido con Jesús.

Los visitantes podían escuchar las risas, las voces a veces entrecortadas que narraban la forma en que Jesús les comprendía, acogía y amaba. Uno de los visitantes escuchaba desde las escaleras y trataba por todos los medios de identificar el matiz de la voz de quien hablaba. Una voz tan conocida, un timbre peculiar. Comenzó a seguirle el hilo a su historia. La voz de mujer contaba entre otras cosas, cómo una fiesta con Jesús no podía ser ordinaria. Narraba una ocasión en la que se habían ido todos, hasta los amigos y las amigas de Jesús, a una boda donde el vino se había acabado por tanta gente presente. Sin embargo, con Jesús hasta un vaso de agua sabía a vino. El visitante no pudo más, y subió las escaleras para ver a la mujer y ya no sólo era su voz sino sus facciones las que le parecían conocidas. Inesperadamente, uno llamado Juan alzó la voz en tono animoso para decirle a la mujer que narraba:

—¡María, espero que no nos pase como en las bodas de Caná, que la segunda copa nos parezca mejor que la primera!

¡Todos rieron a sus anchas viendo la expresión en el rostro de María!

DOS MUJERES

Tatiana Mendoza Armijos

Lucas 2:1-40

LA MEDIA VIDA DE RUT se le iba por las piernas. La silphium que bebió en la tarde antes de almorzar hizo su efecto. Toda mujer sabía que en el primer trimestre no habría peligro. Inapropiada era la ausencia del padre, a quien nunca le comunicó ninguna decisión porque estaba segura de que las piedras estarían listas para ser arrojadas contra ella. El día había oscurecido, pero para Rut la luz llegaba en forma de coágulos de sangre.

En una cubeta de madera reposaban los restos de su media alma, junto con algodones y sustancias grasosas, cuando Juan, su hermano, que era pastor de ovejas la llamó apresurado indicándole que una estrella reposaba en una choza improvisada y que debían ir allá. La palidez de Rut no quería ser revelada y desde afuera indicó que no quería ir a ningún lado. Juan insistía con la historia de que un ángel les había dicho que el Mesías había nacido y que no debían tener miedo.

Sin embargo, en Belén no pasaba nada interesante, era seguro que la imaginación de Juan estaba ya sobrepasada.

—El sol de la mañana le afectó el cerebro —pensaba Rut.

De pronto la casa se llenó de gente, todos diciendo lo mismo. Habían visto un ángel que les anunciaba el nacimiento del Mesías y les pedía que no tuvieran miedo. La agonía vivida por años sin ser dueños de sí mismos duplicaba sus lenguas repitiendo una verdad, o un posible error.

El dolor de Marian se disipaba después de varias horas de agonía. José era paciente, aunque su preocupación ante el qué dirán lo hacía retroceder a la inminente verdad. Su hijo no era de este mundo, no era hijo de hombre, literalmente.

¡Qué mirada heredará el niño! ¡Qué apariencia poseerá, si la perfección sería opacada ante un hombre común! ¿La profesión de carpintero que le heredaría sería suficiente para que el mundo fuera diferente? José secaba el sudor de Marian, cuando el llanto se produjo en medio de las pujanzas que terriblemente la liberaron de ese deseado ser.

La esperanza había nacido sin entender su significado. Marian pronunciaba su nombre para que la memoria conectara a su corazón recién descubierto. Los tres quedaron en silencio, cerraron los ojos y la estrella deslumbró la pequeña ciudad.

Rut llegó al pesebre con desasosiego. El resto de los pastores alababan a la criatura con cantos que nunca se habían oído. Una lengua se había apoderado de ellos y el anhelo crecía con un tiempo detenido. La noche nunca más se sintió sola.

El miedo poseyó a Rut cuando un pequeño calambre tuvo en su vientre. Si todo estaba en lo correcto, no había razón para que su cuerpo reaccionara de esa forma. Se acercó al pesebre y vio los pies del niño no hijo de hombre y lloró mientras buscaba una respuesta.

El secreto mejor guardado sería revelado. Quedándose solas por un momento hablaron de ese día, donde una daba vida y la otra muerte, un dolor compartido y tal vez una nostalgia añorada: dos mujeres y dos historias.

Simeón guardaba la palabra no dicha para el momento indicado. Buscaba la consolación todos los días porque su alma lloraba por un pecado que tomaría forma en meses. Su encierro en el templo era para lograr una mirada de su Dios y quizá así morir en paz, ignorando la decisión que tomaría la mujer a la que había amado hacía tres meses. No pudo quedarse con ella, era imposible e incorrecto.

En sus revelaciones, el Altísimo, como él lo llamaba, le hablaba en sueños, y él mantenía la certeza de que la fe puesta por años ante un altar sería bien respondida. Sus ojos no se cerrarían sin antes descubrir las grandes dosis del amor.

Cuando conoció al Mesías sabía que su vida se apagaría en cuestión de días. Su propósito ya estaba por terminar y las palabras costarían el futuro de un mundo que no estaba dispuesto a ver.

Marian no entendió y se acogió al silencio ensordecedor, mientras Rut abrazaba la idea de una redención y hasta un perdón divino devolviéndole la sangre que ella había provocado a una parte de sí.

—El día que nació el Mesías, yo interrumpí parte de mi alma —se repetía Rut castigando su propio vientre por la incapacidad de retener. En algún momento dijo esa frase en voz alta y Ana, una vieja anciana que nunca salía del templo, miró a las dos mujeres con el Mesías, postrando sus cabellos blancos y dilatando la palabra de que el final se acercaba, que pronto Jerusalén sería liberada.

—El castigo de la infertilidad tiene varias máscaras y nunca nadie sale vivo de eso, el dolor del mundo lo lleva el Mesías en sus brazos, la oscuridad descenderá y no lo vencerá, porque más importante es el amor que la muerte —mencionó Ana mientras miraba a Marian con una amabilidad efímera.

Rut abrazó al Mesías como si fuera su hijo perdido, Marian detuvo su mirada ante una escena que se repetiría años después con su desgarrado primogénito. Ya Simeón se lo había dicho, todo era cuestión de tiempo y una espada lo atravesaría.

Las dos mujeres se consolaron. Una, perdonando su pasado; la otra, refugiándose en el futuro incierto pero consolador.

LA ADÚLTERA

Fernanda Rojas

Juan 8: 1-11

Estaba Jesús enseñando en el templo cuando llegaron a él dos grupos de varones. Los primeros vestían enormes túnicas blancas que colgaban de sus pequeños cuerpos. Bajo el telar que les sobraba se alcanzaba a divisar que junto a su costado derecho todos ellos llevaban enrollados sus fragmentos favoritos de la ley.

Los otros eran un grupo de ancianos vestidos con finas túnicas rojas, las cuales pisaban cada tanto ya que con dificultad caminaban sosteniendo su cuerpo sobre una vara de madera que cada uno de ellos tenía en su mano izquierda. En el medio de ambos grupos caminaba la que parecía ser una mujer, pero la larga túnica negra que le cubría de pies a cabeza hacía imposible saber con certeza si en realidad lo era.

Uno de los varones tomó pronto la palabra y dirigiéndose a Jesús le dijo:

—Maestro, esta mujer ha sido sorprendida en el acto mismo de adulterio. En la ley nos mandó Moisés apedrear a tales mujeres. Tú, pues, ¿qué dices?

Jesús le respondió a aquel varón diciendo:

—Si le has sorprendido en el acto mismo de adulterio ¿por qué no has traído también al varón con el que esta mujer adulteraba? ¿Acaso la ley no afirma que ambos deben ser apedreados hasta morir?

Y dirigiéndose a los demás les preguntaba:

—¿Alguno de ustedes conoce a esta mujer?, ¿alguno sabe su nombre o conoce quién es su marido?

Mientras preguntaba estas cosas, Jesús se inclinó y comenzó a escribir con su dedo en la arena.

Los hombres, confundidos y asustados, se miraban entre ellos, buscando mantener la complicidad de quienes comparten un secreto.

Aun inclinado, Jesús vio cómo debajo de sus túnicas destilaba miel y de ellas emanaba aroma a mirra, áloe y canela. Fue entonces cuando se enderezó y les dijo:

—El que de vosotros esté sin pecado, sea el primero en arrojar la piedra contra ella.

Jesús pensaba que, acusados por su conciencia, se alejarían uno por uno. Pero no fue así. Los varones de blanco se inclinaron para buscar junto a sus pies alguna piedra que pudieran agarrar; buscaban las que fueran más grandes y filosas, y cuando las encontraban intentaban sujetarlas, pero la larga tela que les colgaba de sus mangas no les permitía tomarlas con facilidad. Trataron de hacerlo con ambas manos, pero entonces no lograban sostener bajo sus brazos los rollos de la ley.

Los ancianos de rojo, impacientes al ver la torpeza de los otros varones que eran incapaces de apedrear a la adúltera, decidieron tomar las piedras. Sin embargo, sus pesados cuerpos doblaron hasta el extremo las varas de madera sobre las que se sostenían, haciendo que se quebraran y ellos cayeran al suelo.

Impotentes y humillados comenzaron todos a vociferar:

—¡Yo lo hice! ¡Yo la tomé! ¡Yo rompí sus vestiduras! ¡Yo fui hasta su casa! ¡Y yo por largas calles la seguí!

Inclinándose de nuevo hacia el suelo, Jesús siguió escribiendo en la tierra. Aunque ninguno de los varones podía verlo, Jesús escribía una y otra vez el nombre de la adúltera: Kahal. Luego se acercó a ella y le dijo:

—Ni yo te condeno, novia mía, vete y no peques más.

PARA CANSADOS

Eduardo Vega Flores

Juan 4:1-45

—¡QUÉ VIDA DE PORQUERÍA LA MÍA! —escupía la samaritana cansada de su existencia, mientras emprendía penosamente su largo y tedioso camino hacia el pozo. Le urgía conseguir algo indispensable para subsistir…

El sol del mediodía calcinaba no sólo su cuerpo, sino también la esperanza de saberse realmente amada, cada paso que daba era como una serie infinita de sus fracasos que se repetían taladrando desde la planta de sus pies, hasta el centro de su alma.

En el pasado pensó que era bonita, pero con el tiempo y los hombres que le habían prometido amor eterno, esa sensación se desvaneció como la nube que le estaba dando sombra.

Aferrada a ellos como si fueran sus salvadores, había creído en los primeros que su alma se condenaría en el infierno si no la rescataban, pero con los últimos permanecía únicamente por el terror a estar sola.

Caminar al pozo de Jacob inevitablemente la regresaba al pasado, no sólo lo al suyo, sino al de su pueblo.

—¿Habrá salvación para nosotros? —se preguntó…, luego tropezó con una piedra, rodó su cántaro, se quedó inmóvil sobre el camino polvoriento, maldijo su suerte. Alzó la vista, ya divisaba su destino en el horizonte.

—Mi patética vida se parece a la de mi pueblo —reflexionó mientras se incorporaba de nuevo—. ¿Qué sentido tienen tantos ritos religiosos y nuestra memoria de los antepasados? ¿Acaso eso nos devolverá la esperanza? —se preguntaba con amargura…

A poca distancia, estaba un hombre también cansado, aunque no por las mismas razones. Se sentó junto al pozo, su agotamiento no sólo era físico, estaba agobiado por la incomprensión, por el rechazo y la soledad. Mientras trataba de recuperar las fuerzas, meditó sobre lo vulnerable que se sentía.

Le vino todo el cansancio de lo que había vivido hasta ese momento como un peso insoportable, al poner su mano sobre la piedra seca y rasposa del borde del pozo no pudo evitar recordar el incidente en el templo.

Cuando vio en el atrio de los gentiles cómo estaban apostados los cambistas y los vendedores de animales para el sacrificio, le dolió contemplar que todo ese bullicio hacía de la oración una tarea imposible.

La indignación de ver cómo los religiosos se aprovechaban de la necesidad del pueblo que venía a adorar a Dios comenzó a hervirle la sangre.

Algo en el cielo le sacó momentáneamente de sus cavilaciones, eran unas aves de rapiña que daban vueltas sobre su cabeza, seguramente algún animal muerto estaba cerca. Su corazón se agitó al revivir esas fuertes emociones, así que hizo un látigo para desalojar a toda esa mafia disfrazada de piedad que como sanguijuelas extraían la poca esperanza que les quedaba a los pobres de Israel. Esa indignación se descargó en su espalda como si el peso de toda la injusticia del mundo se agolpara sobre su cuerpo.

Recordó también que durante la fiesta de la pascua hizo algunos milagros en Jerusalén, después de eso muchos dijeron que creían en él y se aferró a esa idea para consolarse:

—Por lo menos no fue en vano y algunos creyeron —pensó… Pero su alivio duro poco, porque ligado a ese episodio también revivió la desconfianza que sintió al saber que el corazón humano sólo busca milagros. Él no se fiaba de las apariencias; conocía bien el interior del hombre. La sospecha se volvió otro lastre sobre su pecho. Estaba cansado de las multitudes que le buscaban por interés o para ver un espectáculo.

El sol reflejado en la arena blanca del camino era como un espejo que le cegaba la vista, extrañaba el aire fresco de la noche, como aquél que lo envolvió cuando conoció a Nicodemo. No muchas personas le venían a buscar por miedo al rechazo de sus colegas. ¿Cómo un maestro de la ley no podía entender lo básico de la fe? ¿Si usando figuras simples como el viento, Nicodemo no veía la verdad, cómo entendería verdades espirituales más elevadas?

Si ellos que eran los encargados de pastorear al pueblo, estaban totalmente cegados y extraviados, ¿cómo iban a comprender los demás? Ese recuerdo se acumuló como otra carga pesada, haciendo más agobiante su cansancio.

—Me muero de sed —pensó con angustia— me muero de sed frente a un pozo—. La ironía de su lamentable condición le sacó una mueca— Si tan sólo mis amigos hubieran dejado el recipiente para sacar agua…

¡Qué triviales le parecían sus pensamientos en ese instante!, pero la fragilidad humana no daba tregua, lo único que llenaba todos los resquicios de su mente era una sensación:

—Este sol me está matando, la sed me quema por dentro, el agotamiento del cuerpo es abrumador, el dolor de cabeza es insoportable.

Pensó que era un espejismo, una figura femenina con un cántaro en la cabeza se quedó parada a unos metros estupefacta, indecisa sobre acercarse o alejarse, acostumbrada a la seguridad que le proporcionaba la soledad a esa hora del día. Al fin se acercó bruscamente, hizo como si él fuera invisible y se dispuso rápidamente a terminar su tarea evitando mirarlo, pero antes de que se dispusiera a emprender la retirada, el hombre le dijo:

—Dame de beber…

La mujer no podía creer lo que escuchaba ¿Cómo era posible que un judío le dirigiera la palabra? Y, más extraño todavía, que le pidiera agua.

Pensó hacer como si no hubiera escuchado nada, como hacía siempre con los comentarios viperinos que le soltaban las personas para hacerle daño. Quiso correr, estaba confundida, pero nunca había escuchado una voz masculina tan tierna y serena; se sintió desarmada por completo y se volvió…

¿Qué puede resultar del encuentro de dos cansados? La mujer, cansada de relaciones que no sacian el hambre de amor, cansada de religiosidad estéril que no satisface el espíritu de todo un pueblo. El hombre, cansado de un pueblo que no le comprende, cansado de gente que quiere matarle, aunque irónicamente él había venido a morir para salvarles.

Dos seres humanos incomprendidos, vulnerables y exhaustos intercambian sus cansancios, contra todo pronóstico, contra toda lógica ambos terminan renovados.

Los amigos del hombre regresaron y se quedaron pasmados. No pueden creer lo que están viendo, sus prejuicios son como agujas invisibles que lastiman la imagen que tenían de su maestro.

La mujer sale disparada como si hubiera tenido una revelación que no puede contener…

Los amigos del maestro insisten en darle de comer, pero él se rehúsa, ellos otra vez se quedan anonadados…

El hombre que estaba cansado del camino y que se moría de sed, ahora no necesita comer, ni beber. El corazón receptivo y anhelante de fe de una mujer le proporcionó abundantemente toda la energía que necesitaba.

La mujer, que antes arrastró los pies para llegar al pozo, ahora dejó tirado su cántaro de agua y corrió porque no pudo concebir que tanta alegría es para ella sola, se siente urgida ya no de sobrevivir, sino de compartir…

DECIDO QUE NO

María José Rivera

2 Samuel 13

Tamar, hija del rey, la mujer más bella del reino. Joven, inteligente, persuasiva y carismática, era el tipo de mujer con la que todo hombre deliraba. La deseaban tanto que eran capaces de cualquier cosa por ella. Pero todos sabían que era intocable y que no le pertenecía a nadie.

Tamar esperaba a alguien que un día levantara su condición de mujer y le diera real dignidad y valor. Ella había escuchado antiguas profecías e historias acerca de este hombre y sólo le bastaba imaginarlo.

El reino de su padre era grande y guerrero, luchaban con honor por Dios. En el ejército había un hombre llamado Amnón, quien también era hijo del rey, medio hermano de Tamar. Se enamoró de ella y la deseó tanto en su corazón que llegó a obsesionarse, la pensaba todo el día y no dejaba ni por un segundo de imaginar cómo sería tenerla. Buscaba y rebuscaba formas de conquistarla, hasta que un día su obsesión se volvió locura y esa locura, deseo de matar.

Buscó un cómplice, y encontró a Jonadad, hermano del rey David. Jonadad lo ayudó a idear un plan para poseer su cuerpo y así saciar su sed interna.

Pidió permiso al rey para cenar con ella y se ocupó de cada detalle, quería que todo saliera a la perfección. Buscó sus mejores vestidos, telas caras y deslumbrantes.

Ella aceptó, pero no muy convencida, pues sabía que en el fondo Amnón era su medio hermano. Lo que jamás se imaginó era la oscuridad que traía consigo a la esperada cena; su obsesión llegó a tal punto de preparar una contra ella.

Llegó el día tan esperado para él y tan extraño para ella. Tamar estaba hermosa —como siempre— e irradiaba frescura, pureza y firmeza.

Entró al salón: un lugar amplio lleno de velas aromáticas, una mesa para dos, vino y música. Brindaron y conversaron. Llegó la noche. En algún minuto de la cena, Amnón preguntó a Tamar si quería acompañarlo a bailar al ritmo del arpa, a lo que respondió afirmativamente. Mientras bailaban él la miró y le dijo:

—Todo esto, absolutamente todo es sólo por una razón —Amnón, la miró a los ojos y siguió—. Yo Amnón, hijo del rey, necesito poseerte a ti, la mujer más bella del reino y te advierto que no saldrás de aquí hasta que eso suceda; si no, lo lamentarás, lamentarás haberme rechazado y te arrepentirás de haber nacido.

Ella, guardando la calma, levantó la mirada, buscó sus ojos y llenándose de valentía, seguridad y decisión, dijo:

—Hoy no permitiré que pongas una mano sobre mí, me rehúso a ser tocada por ti, decido que no tienes ningún derecho sobre mi cuerpo, ni sobre mi corazón. No porque sea la hija del rey, sino porque mi dignidad es más importante que cualquier deseo existente —y, después de una pausa, añadió—: En este día la historia cambia para mí. ¡No! ¡Este día yo cambio mi historia, desde aquí y para siempre!

Al ver en sus ojos esa determinación, Amnón se voltea, toma el cuchillo que tiene bajo su vestimenta y sin pensarlo dos veces lo entierra en su vientre diciéndole:

—Si hoy no eres mía, de nadie serás y de tu vientre ningún niño nacerá.

Tamar con lágrimas corriendo de sus ojos, va perdiendo la consciencia y la visión, mientras ávidamente su sangre recorre su vestido y empapa la fina alfombra de la sala.

—Hoy la historia cambia para mí, hoy la historia cambia para… hoy la historia cambia para mí —repite incansablemente.

En ese momento cae sin vida al suelo, pero convencida que su último suspiro en la tierra había sido la semilla, la resistencia y la valentía que harían que la historia se contara de otra manera.

¿A DÓNDE VAS, AMOR?

Alvin Góngora

Romanos 8:22-23

¡Sɪ ᴜɴ ᴘᴀʀ ᴅᴇ ᴄᴏᴘᴀs ᴅᴇ ᴠɪɴᴏ ʙʟᴀɴᴄᴏ, rosado, espumoso o champaña estuviera entre las dos justo ahora, en este momento! Entonces este relato podría comenzar. No porque necesite que alguna llave suelte el cerrojo para que las palabras se animen a deslizarse, una tras otra. Mordazas, nunca las he sufrido. Al contrario. Tú me has visto, a lo largo de tus 17 años, revestirme de capas y capas de hipocresía social, lo que llaman decencia, para que mi lengua aprenda a quedarse dentro de su vaina, resguardada cual ojiva nuclear escondida en su búnker Dios sabe cuántos metros bajo tierra.

¿De cuándo a acá, te puedes estar preguntando, se me da por invocar el auxilio del licor? De los deslizaderos por los que uno rueda cuesta abajo, el del alcohol fue el que menos me atrajo. Debí andar muy ocupada aliviándome los raspones que me dejaron las otras caídas porque los trampolines etílicos pasaron desapercibidos.

Hace tan solo unos segundos bajaste al comedor. Alta. Grácil. En tu cara, la sonrisa que sigue sin perder su candor. Tu cabello negro envolviendo tus hombros. Tus ojos que todavía derrumban los muros que te cercaron desde tu concepción amenazando con ahogarte. Muros y murallas, todos ellos: el de Jericó del antaño bíblico, la de China, el de Berlín, la de Hierro de tiempo atrás, el de los gringos asustados ante tanto latino indeseable, el de Israel en su exterminio. Todos. Más el villano entre los muros. El más alto. El más grueso.

El más frío.

El mío.

El de mi ira.

Te vi bajar la escalera de madera en cámara lenta. Tus 17 años rodaron despacio, con decisión, y se sentaron frente a mí. Entre las dos, la mesa vacía, que se extiende ahora como una sabana de los Llanos o un arenal del Sahara. Creo haberme oído decir: "Feliz cumpleaños, Susana."

Algo más me estás diciendo. Debí haberte recibido de manera tal que mereciera un *selfie*. Cabernet Sauvignon blanc hubiese caído de perlas. Hubiésemos levantado las dos las copas para decirnos, tras el chin-chin, o clic-clic, o como suene el cristal en esos casos, que "estábamos, estamos y estaremos juntas" (eso fue lo que leí que un poeta del sur del continente le dijo a su esposa al celebrar sus bodas de plata).

Juntas.

Y solas.

En soledad fuiste concebida. No hubo en ese menester participación de humanidad, aunque sí la hubo de varón. El varón aprende a ser hombre. Pocos lo logran. Están también los que dan inicio a un largo proceso de desmonte de la hombredad aprendida. La masculinidad con la que recubrían su condición de varón no era más que una licencia para adornarse con ínfulas viriles.

Hubiese querido que, en tu origen, la soledad en la que fuiste concebida fuese la soledad del vacío. De la nada.

El vacío estuvo; que eso quede claro. Pero la violencia lo llenó. Inseminó mi matriz. Se apoderó de mis entrañas como ya sus bofetadas se habían apoderado de mi rostro, afeándolo. Se convirtió en semilla. Cavó en las capas más profundas de mi ser, allá en lo oscuro hundió sus raíces y me envenenó el alma.

Cuatro años atrás había nacido tu hermano. Por entonces yo aún creía en sonrisas y caricias. Todavía las promesas exhalaban un aliento fresco. Las peleas apenas se acercaban a un insulto pasajero que después nos hacían reír a tu padre y a mí. El puño de tu padre, viril él, varón y todo, aún no sabía que podía insultar. El abuso apenas cursaba su escuela primaria. Todavía no se graduaba de físico, aún no se especializaba en emocional.

Le bastaron a la violencia y al abuso cuatro años para completar su ciclo de formación. El de ellos fue un programa acelerado. Tuve que salir. Huir de una relación enfermiza que empujaba mi didáctica de la supervivencia a la putrefacción.

"La muerte había puesto huevos en la herida." Al poeta que lo dijo lo mataron por pensar diferente, amar de manera diferente, pecar de manera diferente. Hui buscando vivir de manera diferente.

Con un hijo a cuestas quise trazarme otra ruta. Estudiar. Trabajar. Atesorar el amor de familia. Mi familia.

Me recibieron mis padres. Trabajaba en el día. Estudiaba en la noche. El amor de mi familia se agotó. Mi ruta difería de las de ella en una diversidad que me rotulaba como mujer de conducta con dudosa ortografía. Una noche llegué a la casa paterna, donde vivía, para descubrir que mis posesiones (bien podrías apilarlas en esta mesa donde sigo imaginando dos copas de champaña y sobraría espacio) las habían sacado de mi cuarto y amontonado en un rincón. Mi habitación y la de tu hermano estaba vacía. Mi hermana menor, entonces una niña, sólo saltaba en su cama mirándome. Riéndose. Era su manera de hacerle duelo a la parte de su inocencia que mis padres le arrebataron al hacerla testigo de su crueldad. Alegando rectitudes morales que yo no satisfacía por ser madre soltera, mis padres le enseñaron que la vida tiene que esperar. Hay que darle paso a la norma, que marcha adelante.

La misma norma que llevó a tu padre a buscarme algunos días después, cuando supo que su hijo, tu hermano, ya no dormía en casa de mis padres.

Sin hogar, sin un techo, sin el apoyo humano, esa misma noche que fui expulsada del seno paterno, tuve que arreglármelas en mi sitio de trabajo para que tu hermano tuviera dónde dormir. No se trataba de una oficina cómoda. Yo trabajaba en una venta de comidas rápidas en un sector popular de la ciudad, desprovistas todas nosotras de glamur: la venta de comidas, la ciudad y yo. Me movía entre mi trabajo y la academia donde estudiaba contabilidad. El negocio no rendía como se esperaba. Mis horas de trabajo se alargaron allí donde la vida reducía el espacio que le permite a uno respirar. Mi sensación de culpa por no poder atender a tu hermano como debía, se incrementó. La venganza de tu padre vio así abierta una ventana de oportunidad.

Poco después de mi expulsión, tu padre llegó a mi sitio de trabajo, tomó a tu hermano en sus brazos y, luego de insultarme, se lo llevó para su casa.

Dicen los sabihondos en cosas del alma que una clave para alcanzar la armonía y asegurar la paz interior es el cultivo del desprendimiento. Hay mucha sabiduría en ese principio. A mí me ha servido montones. Pero el desprendimiento no involucra a los hijos. No, al menos, cuando el hijo es aún un bebé y uno ha decidido que no tendrá hermanos ni hermanas. Ésas no son decisiones de niña linda que quiere conservar su cintura, proteger la redondez de su trasero, cultivar la firmeza de sus senos y asegurarse así un nicho en el mercado de la diversión, que se le ofrece a una mujer joven y bella cual si fuese alguna Tierra Prometida.

El desierto que yo atravesaba no buscaba ese horizonte. Odiaba a los hombres. La convivencia con tu padre había bastado para percatarme de que hay violencia siempre que las transacciones que los hombres inician con las mujeres tienen el coito como objetivo. Y no hay transacción que no persiga esa meta. Los golpes habían reemplazado a las caricias; y la posesión, tomado control del amor físico. Los hechos se habían distanciado de las palabras. La promesa había degenerado en burla. Mi honor de mujer fue la alfombra sobre la que tu padre caminaba.

Ahora, cuando mi independencia ya tenía cédula de ciudadanía, se llevaban a mi hijo. Yo respondí al desgarro de mis entrañas. Salí tras tu padre, tras sus insultos. Así llegué a su casa. Así regresé al hogar. Como corresponde a una mujer virtuosa; al decir del discurso que me había deportado de la casa paterna.

Volví a la violación. Fuiste entonces concebida. Sin participación humana. La violencia nos escogió, a ti, a mí, a dos mujeres, tal como lo viene haciendo desde el amanecer de la historia humana. La violencia se ensañó con nosotras para llenar el vacío que la naturaleza tanto aborrece.

"¿Hay alguien que sepa a dónde va el amor de Dios cuando las olas convierten los minutos en horas?" La primera ola golpeó con tal fuerza que mi recuperación tardó varios años. Y la tuya, no sé si se ha logrado. El minuto que invertí leyendo "Positivo" en la prueba de embarazo cumple ahora 17 años de duración.

La ola se llevó la única posibilidad de amor y lo estrelló contra el acantilado.

Hablo del amor de Dios. El mío se reducía por entonces a suplir las necesidades básicas: las de tu hermano, las de tu padre, y si sobraba algo era para mí.

Odié. A tu padre. A mis padres. A los hombres. A la vida. A mí.

A Dios.

A ti.

No es cierto que tan solo se odia lo querido. No señora. Se odia aún más cuando se te impone lo desconocido. La vida te pasa una cuenta de cobro impagable por la gota de agua que te dio para que aliviaras una sed pasajera.

No vi que era el amor el que se filtraba tercamente para adherirse a las paredes de mis entrañas. O, más bien, si esa obstinación era la del amor, bien podía irse por donde había entrado.

El hombre de la droguería, que tantos favores había hecho a casi todas, entre ellas mis propias amigas, se negó rotundamente a hacérmelo a mí. No supo explicarme cuando le pregunté por qué, tratándose de mí, le sobrevenía el decoro pudoroso que nunca tuvo para dar por terminados cientos de embarazos. No era un tipo escrupuloso. Sencillamente sintió que un cerco misterioso me protegía.

Te protegía.

Por lo tanto, no te hablé. Un individuo se vuelve persona en su relación con otros.

Si no hay diálogo no hay persona. Si no hay persona queda un objeto. Si le hablas a ese objeto lo más seguro es que lo conviertas en persona. Tu gato pasa, entonces, a ser tu mejor amigo. Tu Smartphone es ahora tu bien más preciado. Resulta atractivo convertir a los objetos en personas. Es lo que está de moda. O quizás siempre lo ha estado. A las personas, sin embargo, las volvemos objetos. Es fácil. Basta con que no les hables. Ahí se produce el milagro. La persona que tanto te incomodaba se convierte en un mueble. La presencia de los muebles resulta obvia. Ahí están. Todo el tiempo. Tan presentes que pasan desapercibidos. Un asiento te recuerda su existencia cuando se te atraviesa y levanta la uña del dedo gordo de tu pie.

Que fue lo que te empeñaste en hacer desde entonces. Recordarme tu presencia.

No pude abortarte; entonces, te ignoré. Tu estadía de nueve meses en mi vientre pasó desapercibida. No te hablé. No te estimulé con música como dicen que toda madre amorosa debe hacer pegando audífonos a panzas que no dejan de crecer.

Instalé costosas casetas de peaje para desestimular el tránsito por la autopista misteriosa que suele conectar a la madre con la criatura. Fuiste no persona. Te privé de espacio vital: el que dos personas generan en su ir y venir, sus acercamientos y distanciamientos, sus risas y chistes bobos, sus iras y reconciliaciones, sus perdones y abrazos, sus confesiones…

Me quedé yo sin la acidez sanadora del arrepentimiento. Naciste. Contra mí. A pesar de mí. En contravía a la condena pronunciada contra ti. Naciste porque si nadie sabe a dónde carajos huye el amor de Dios cuando las olas convierten los minutos en horas, sí se sabe de dónde viene.

Otra cosa distinta es que uno quiera que el amor llegue. Acostumbrada como estoy a que el amor se las ingenie para merodear por mis contornos, no soy muy inclinada a gestarlo. Mi displicencia gozaba por entonces su Edad de Oro. El péndulo amatorio oscilaba entre los abusos físicos y emocionales a manos de tu padre y los escarceos con admiradores furtivos armados de estrategias nauseabundas. La apatía plantó su tienda en mis terrenos y me colonizó plenamente confiada en el muro protector que el odio construyó a mi alrededor.

No sabía a dónde se había ido el amor. El de Dios o de quien fuera que alguna vez quizás pasó cerca de mí. Pero si era amor lo que me traías, mi indiferencia se encargó de reforzar con hielo mi muro protector. Naciste en la vida de una mujer joven cuya belleza trastornaba a todos por igual, y que había hundido sus pies en el lodazal de su orgullo hiriente dispuesta a no dejarse mover de ahí.

¿Qué luz oscura adormece en su socavón al carbón que despierta convertido en diamante? En mí depositaron violencia. De mí salió ternura. ¿Qué pasó, niña, en tu travesía por las tinieblas de mi subsuelo, que yo hice más tenebrosas con mi ira insaciable, para que al salir tu llanto anunciara una larga y persistente caminata de amor? Como carbón, fuiste frágil. Como la muchacha de 17 años frente a mí, eres diamante. No fue mi coraza impenetrable lo que te fortaleció. Tu consistencia empezó a cuajar desde el momento en que el amor me abandonó a mis tormentos que alargaron minutos tortuosos en horas horrendas, para bajar a lo más profundo de la tierra, donde tú estabas, acurrucarse a tu lado y empezar, juntamente contigo, a exprimirle a las tinieblas toda su luz en el prisma de tu llanto de bebé.

En soledad fuiste concebida. En soledad fuiste formada. En soledad empezaste a amar. En soledad naciste.

Me gusta la madrugada. Los que conocen bien el campo dicen que la de la ciudad no es tan ruidosa como la campesina. La actividad nocturna de un bosque parece ser tan frenética como la de la Zona T. Aquí en mi rincón, las horas después de la medianoche son apacibles.

Sigo sentada en la mesa del comedor, sin champaña, solo con un té recargado porque sigo recorriendo los 17 años que Susana anda festejando, desde hace varias horas, en algún club nocturno con Carlos y sus amigos. La vi salir por la puerta a mi izquierda, pero me parece que aún baja la escalera, que recién estamos iniciando la caminata que nos ha traído durante 17 años.

Aclaro aquí que esa travesía es más antigua. Yo tenía 14 años, mil heridas y sed de vivir cuando la inicié. El mundo se me había presentado poblado de hombres enredados en una competencia que coronaría al más fuerte. Tíos, tíos y más tíos. Todos ellos con ansias de tocar. Mi carne parecía ser la presa preferida. Sin haberme presentado a ningún proceso previo de selección, llevaba ya 14 años participando en un *reality* con niveles de dificultad que harían palidecer a los hasta ahora vistos en televisión. Hombres, manoseo, acoso, chantajes y la voz de la víctima que se toma como testimonio autoincriminatorio.

La vida madrugó para sacudirme; me despertó de mi niñez antes que rayara el alba. La calle me acogió con sus dedos glaciales, largos, huesudos, espeluznantes. De la noche a la mañana entré en la adultez. Me descubrí como una hija de la ira. Ese fue el bastón en el que me apoyé para sortear los pantanos sórdidos del muladar que invisibilizamos con un nombre genérico y en el que caí: sur de Bogotá.

Desde los tiempos en que los europeos se apoderaron del mundo acostumbramos a colgar los mapas para que el sur quede abajo. Las regiones inferiores son antros. Allá se ubican el infierno, los demonios, Gollum y su anillo, la amenaza de un volcán. Los pobres de Bogotá. El sur es para sus pandillas, sus pequeños criminales, sus expendios de bazuco, sus productos residuales. Para mí. La niña linda y su deseo de una agenda solo por ella escrita, alejada de la domesticación del afecto, de los hilos que establecen una relación de causa y efecto entre la cama y la mesa, entre el beso y una aprobación, entre el respeto hacia sí misma y una bofetada.

Alberto fue un oasis. Al menos su promesa. ¿O fui yo la que convirtió ese espejismo en garantía? Dicen los neurocientíficos que la realidad existe solamente en la cabeza de cada quien. Quizás yo me inventé lo del oasis. Vinieron mi primer hijo y una interminable cadena de abusos. El menú fue completo: abuso emocional, abandono, golpes (sí señora, anote ahí la lista entera: puños, bofetadas, cachetadas…), insultos, gritos. Le digo que la cadena es interminable porque la memoria del alma es insondable.

No es mi historia la que le estoy contando, pero este relato no le puede llegar si no es a través mío. Mis madrugadas suelen evocarla, y esta de hoy me tiene en este momento al lado de Susana, bailando con ella.

A mi hija también le pulverizaron el alma. Hace unos renglones usé esa palabra, alma, y dicen los que saben de estilos literarios que uno no debe echar mano de una misma palabra tan repetidamente, tan en seguidilla. Dicen que de esa manera se empobrece un texto. Que uno demuestra así que no cuenta con un léxico caudaloso. Eso dicen los doctos, pero no me han dicho en qué consiste la piedra angular sobre la que una se construye a sí misma. ¿Dónde está ubicada? A veces la siento en la boca del estómago; a veces, entre pecho y espalda; a veces, en la cabeza; a veces, en la garganta, en el útero, en el muy burlón punto G, en el esfínter posterior, en el hígado…

¿Dónde diablos andas, alma, si no hay una palabra con la cual perseguirte?

Eso fue lo que, también muy temprano, en su madrugada, antes que le amaneciera, horadaron, mancillaron, ensuciaron, pisotearon, profanaron en mi niña. El tesoro misterioso, como ya se ha dicho, que ella y solo ella venía construyendo lentamente, laboriosamente, dolorosamente, sin mi apoyo, desde el momento mismo en que un óvulo aterrado y airado, y un espermatozoide invasor, violento y no bienvenido se unieron en concubinato demencial para proclamar, "he aquí una nueva criatura," fue brutalmente despojado de su capullo de inocencia.

Esta vez el uso del plural no es retórico. Pasado el tiempo me casé con un hombre que amé genuinamente. Exacto. Es el caballero de esa foto. Esa es otra historia que me desviaría del cumpleaños de mi hija. Él fue el primero que se atrevió a transgredir la frontera que les permite a los niños ejercer de niños. Si confiara en el lenguaje coloquial diría que su acoso no pasó a mayores, pero ésa es una de las millones de formas que tenemos para engañarnos. Pareciera que fuese necesario llegar a los extremos del acceso carnal violento para que se diga que una niña fue violentada en su integridad. El acoso destruye al niño desde que es una incipiente insinuación verbal. El caballero de la foto, legítimo esposo, no sólo puso sus manos sobre el cuerpo de mi hija, no sólo la ultrajó verbalmente, sino que le compartió secretos que yo, como esposa enamorada, le había confiado. Como le digo, es otra historia. El caballero es ahora mi exesposo, igualmente de manera legítima. La destrucción en la vida de mi niña estaba al acecho a la espera de un asedio aún más devastador.

Sírvase a otro té mientras le cuento el resto. No, no más para mí. Aunque es descafeinado no tomo más, pues quiero subir a mi cama antes que amanezca. Quiero dormir. A Susana le va a encantar verla a usted aquí cuando ella llegue.

Mi larga noche, la que empezó a mis 14 años, o antes, comenzó a disiparse cuando Dios se atravesó en mi camino, o yo en el de él. Es inútil que insista en preguntarme cómo se dio ese encontronazo porque no lo puedo explicar. Aunque yo ya traía las semillas del evangelio que sembraron en mi infancia, no hay que olvidar que los mismos sembradores se encargaron de regar con herbicida la sementera que habían plantado. Mi terreno era árido. Jamás un evangelista, por persuasivo que fuera, hubiera podido arrancar de mí algo diferente a un portazo. O un hijueputazo.

Dios marcó el final de mi noche. Las olas que convierten los minutos en horas trajeron de regreso su amor que andaba perdido. Perdido de mi vista. Ese amor siempre había estado ahí, metido en mis entrañas, agarrado a sus paredes con uñas y dientes.

No se dejó abortar.

Volví a amar. Me amaron. Eso fue lo que creí. Corrijo, entonces: volví a creer. A la larga, es todo lo que se necesita para respirar de nuevo. Creer.

Le creí. Me rogó con lágrimas. Lo tomé por hambriento de amor. Un Forrest Gump cuya Jenny lo había llevado a la postración total. Yo estaba ahora en un nuevo terreno. Sin cizañas, sin minas explosivas, sin contaminantes mi nuevo territorio estaba poblado por habitantes francos, veraces, sonrientes. Uno de ellos me ofreció un coctel irresistible: candor y perversión.

Me abandoné a sus brazos. Él tejió para mí una urdimbre de seda de la que no quise escapar, aunque me invadía el temor. Descubrí en mí un depósito inagotable de generosidad. Si usted no acepta que yo lo haya amado, y frunce el ceño cuando digo que le creí, déjeme entonces decir que me creí. Era en mí donde él encontraba su sustento. Me abandoné.

No es necesario que me lo pregunte. A decir verdad, las señales de alarma estaban todas encendidas. Las desoí. No atendí la alarma más seria: mi niña. No percibí en su llanto de quinceañera el gemido de una adolescente enamorada. De haberlo discernido así hubiese leído el drama que ya se estaba desenvolviendo a una pulgada de mis propias narices, sin que yo me percatara. Mi hija se había enamorado. De mi novio. Mi hija y yo compartíamos un mismo amante.

Yo abrí la puerta para que el abuso inaugurara la historia amorosa de mi niña. Una actriz inglesa cuenta que a sus quince años su padre la llevó a París en unas vacaciones de verano. Al término de esa experiencia inolvidable, el padre le dijo: "Quise que tu primer viaje a la ciudad más fascinante de la historia, una a la que volverás muchas veces en tu vida, fuera con el hombre que te respeta y cuida de ti."

¡Ay! Si tal hubiese sido el amanecer de mi niña. Un hombre lo suficientemente mayor como para ser su padre, la figura paterna que ella aún anhela, la sacó de una fiesta de adolescentes, la llevó a algún camastro de mala muerte y procedió a asestarle una herida que yo no sé si alguna vez podrá sanar.

Tampoco sé cuánto duró ese párrafo de nuestra historia. Por un tiempo fuimos rivales, mi hija y yo, sin yo saberlo. Un caudal considerable de sus lágrimas fue provocado por celos. Ya me había advertido mi novio que en su historial erótico figuraba un triángulo establecido con una dama y su hija. Lo desatendí en su momento creyendo que no era más que otra fantasía perversa de su imaginación.

La confesión de Susana me aturdió. Sus llantos repentinos, constantes, que se extendían por días que se convirtieron en meses la llevaron al punto de no retorno: depositar en mi regazo su secreto.

Y el dolor. Mi dolor. Mi dolor. Mi dolor. Mi dolor…

Hace 17 años quise abortarla. Hace 17 años la ignoré. Hace 17 años sus ojos empezaron a buscarme con la voracidad de un niño famélico. Hace 17 años ella sola comenzó su travesía por el desierto en busca del amor, del mío. Hace 17 años empecé a forzarla a que el amor se lo gana. Desde entonces se empezó a diseñar la receta nociva, tóxica, que encontró en las excrecencias de un monstruo, el novio de su madre, su aplicación juiciosa.

Yo, que le negué el sustento, recibía ahora su confesión, sus lágrimas. La cuchillada que se hundió en mí hasta la médula, y más allá. La herida que subraya mi nombre en el Libro de la Vida.

. . . .

La historia se suspende. El dolor, no. El amor, nunca. Mi relato queda abierto. Aquí, encima de la mesa sin champaña. Que ella sepa que es mi corazón abierto. Para ella. Que sepa de mi amor.

Aunque cuando llegue me encontrará dormida.

EMBARAZADO, Y EN DOLORES DE PARTO

Ignacio Simal Camps

Gálatas 3:19

ME SUCEDIÓ. Ocurrió que desperté —al menos eso creo— hallándome transformado en un varón gestante. Algo semejante a lo que le acaeció a Gregorio Samsa en el relato de Franz Kafka en "La metamorfosis". Eso sí, mientras que la transformación ocurrida en Samsa era monstruosa, en mi caso era dulce y amable, inundada de belleza; sin embargo, era una situación extraña, muy extraña. Todos los temores propios del embarazo anidaban en mí, ¿saldría bien el ser que se estaba formando en mí? Todo era extraño, mi transformación, mi estado y mis temores.

Sin querer, recordé unas palabras del Evangelio de Tomás: "cuando establezcáis el varón con la hembra como una sola unidad de tal modo que el hombre no sea masculino ni la mujer femenina [...] entonces entraréis en el Reino".

No sé la razón de este recuerdo, pero me dio la impresión de que había atravesado un umbral que me introducía en una nueva compresión, especialmente, de lo masculino. Estaba experimentando "una masculinidad que se quitaba la coraza de guerrero. Que abandonaba los tics y comportamientos anclados en los esquemas de la revolución industrial (el hombre es el que trae el pan a casa, el fuerte, el que lleva la voz cantante, el que no llora) e ingresaba en el siglo XXI".[1]

Sí, ocurrió, me desperté y me hallé transformado en… ¡un varón gestante!

A partir de esa experiencia, entré en una serie de reflexiones coherentes e incoherentes. Todas ellas rozando la herejía de la convención teológica ortodoxa. Pero me daba igual, la transformación que había sufrido era ¡mi transformación!, y ello me abría la puerta a la reflexión en libertad.

Pensaba en Dios como un Ser gestante, de cuyo "vientre" surgió todo lo que vemos, disfrutamos y sufrimos. Una creación multicolor que es cuidada desde una masculinidad desconocida por lo novedosa. Bien escribió Juliana de Norwich, "es por tanto lógico que Dios, siendo Padre nuestro, sea también nuestra Madre". ¡Dios es Padre y Madre a la vez! Como escribió Richard Rohr, "es evidente que Dios se encuentra más allá de cualquier género".[2]

Tal vez, de mi vientre embarazado saldrían nuevos mundos, nuevos cielos, nuevas tierras llenas de colores y esperanza. Sólo esperaban a que llegara el momento del alumbramiento.

Dirigí mi pensamiento a unas palabras de san Pablo, cuando escribe: "sabemos que toda la creación gime a una, y a una está con dolores de parto hasta ahora" (Ro. 8.22). Estaba frente a frente a otra realidad embarazada, la creación misma sufría constantes dolores de parto, pues en su vientre experimentaba la fuerza de una vida, de un nuevo mundo,

---

1 Vivanco, Felip. https://www.lavanguardia.com/de-moda/h-hombre-de-vanguardia/20170709/423391337371/h06-h-hombre-vanguardia-masculinidad-virilidad.html

2 Rohr, R. La Biblia y su espiritualidad. Sal Terrae, 2012. pág. 68.

que quería ser alumbrado. ¡La creación, como yo, también estaba embarazada!

Son de las cosas extrañas de las que suelen surgir esperanzas en forma de promesa. La creación se me presentaba no como "macho", sino como una mujer clamando por dar a luz, por fin, una nueva vida. Por otra parte, entendí que la creación toda, al igual que Dios, está más allá del género. Y yo participaba de ese estar más allá de todo género, para adentrarme en el hecho incontrovertible de ser persona, persona embarazada de una nueva vida.

San Pablo, como "pastor-pastora gestante" se hizo presente en mi mente. El eco de unas palabras que escribió se hizo diáfano desde mi experiencia de varón embarazado: "Hijitos míos, por quienes vuelvo a sufrir dolores de parto, hasta que Cristo sea formado en vosotros" (Gál 3:19). Entonces entendí que el Apóstol de la gentilidad también fue un varón embarazado. Él me podía entender, y yo a él.

Comprendí que ser pastora-pastor, es vivir en un estado de continuo embarazo, alumbrando de forma constante, y en medio de constantes dolores de parto, nuevas realidades, comunidades conformadas por personas (también alumbradas) que manifiestan una nueva mente y un nuevo modo de existencia. El Mesías, a través de la gestación del "vientre" pastoral, estaba siendo formado en ellas. El milagro de la vida crecía en su vientre, culminando en el alumbramiento del reinado de Dios mediante las comunidades que iniciaba por donde pasaba en su ministerio apostólico.

Me desperté. Y ahora, cual Pablo, no sabía si "era en el cuerpo o fuera de él; Dios lo sabe" (2 Cor 12.3). Pero me hallé, cual mujer, embarazado. Embarazado y en continuos dolores de parto. Dolores de parto que anunciaban un parir constante de esperanzas y mundos nuevos. Mundos nuevos en forma de comunidades donde experimentar la libertad que Dios nos ha concedido en el Mesías Jesús. El pastor no es padre, la pastora tampoco. No hay padres en las comunidades cristianas, tan solo madres, hermanos, hermanas, hijos e hijas (Mc. 10:30), y de esa manera se rompe con el círculo infernal de la violencia patriarcal, haciendo surgir una nueva masculinidad que se alinea con el feminismo, liberándonos a los varones del encorsetamiento de una sociedad donde se nos exige ser padres, ser patriarcas.

El género se construye socialmente, y nosotros-nosotras nos negamos a ser construidos como varones y como mujeres a la manera del Imperio patriarcal que nos gobierna y nos conforma a través de la religión, la educación y la familia.

Necesitamos despertar del sueño, y hallarnos embarazados de esperanza. Y sí, habrá abundantes dolores de parto, pero serán los signos de la esperanza que nos embaraza, que clama por ser alumbrada en realidades concretas donde el cuidado se hace carne tanto en la atención hacia los demás como en el hecho de ocuparse, de cuidar de alguien o de algo.

Cuando experimento el embarazo, toda la actividad pastoral y la labor de las iglesias grita al unísono: ¡el patriarcado ha muerto, viva el reinado de la igualdad y la equidad! ¡Viva el reinado del Dios de Jesús, también llamado el reino de Sofía!

LA SORPRESA DE MARTA

Cristina Giraldo Velásquez

Lucas 10: 38-42

¡ESTOY MOLESTA CON JESÚS!, el maestro me ha ridiculizado en frente de todos los huéspedes, cuando sólo quería atenderlo bien para que se sintiera cómodo y a gusto.

No lo entiendo, siempre he dado lo mejor de mí, sobre todo cuando se trata de mantener en orden la casa y servir a los invitados y a los viajeros que llegan. Si no fuera por mí estoy segura de que este hogar no se mantendría en pie. Lázaro no es el que se va a mantener pendiente de todo y María, ¡ah!, esa muchachita que mantiene la cabeza en las nubes, y cuando oye hablar del maestro se desconecta de todo: que Jesús esto, que Jesús lo otro, que sanó a yo no sé quién, que resucitó al hijo de tal viuda. En fin, no me molesta que sea tan apasionada con las palabras e historias del maestro, tan sólo pido un poco de su consideración y apoyo en los quehaceres.

Todo empezó porque el maestro llegó de Jericó a Betania y, como es tan amigo de mi hermano —que se ha hecho su seguidor—, decidió quedarse en nuestra casa con sus discípulos. Apenas supieron las personas que Jesús se encontraba con nosotros, llegó el gentío para oírlo o para buscar algún milagro, un milagro como los tantos que se cuentan que él ha hecho.

¿Y cómo no? Yo de una me puse a organizar aquí, ordenar allá, para que no se viera desorden y acomodar a los visitantes, además de preparar algo de cenar. La gente llega hambrienta y sedienta con estos caminos tan empinados y el sol tan extenuante. Como cosa rara, a María no la encontraba por ningún lado, y yo ya me veía apurada para atender a tantas personas. A Lázaro no lo podía importunar, pues estaba dando la cara como anfitrión atendiendo a los presentes.

María es la única con la que podía contar —o eso creía yo—, pero no; justo cuando más la necesitaba, se había desaparecido.

En el corre aquí y corre allá atendiendo a los huéspedes, logré atisbarla sentada a los pies de Jesús —siempre tan zalamera—, así que disimuladamente le hice señas. Me pareció que me miró y se hizo la loca, por lo que no me aguanté y, para avergonzarla de su descomedimiento, le pedí al maestro que la mandara a hacer oficios.

—Maestro, mire que yo estoy muy ocupada atendiéndolos a todos ustedes, el trabajo es mucho para mí sola, dígale a María que me ayude porque así no se puede.

Reconozco que cuando le hablé al maestro interrumpí su discurso, quizá pasé por maleducada, pero no me aguataba la impaciencia. En verdad necesitaba que María dejara de ser tan conchuda y relajada, pero para mi gran sorpresa el maestro se puso de lado de esa muchachita. Con un tono risueño y meneando la cabeza de un lado a otro dijo delante de todos:

—Marta, Marta, tu siempre tan estresada y ocupada en una cosa y la otra. Sólo una cosa es importante y María ha escogido lo mejor, y nadie se la va a quitar.

Aunque cariñosas, sus palabras fueron una bofetada para mí. No supe qué hacer, si salir de inmediato de ahí o tirar el jarrón que llevaba en la mano. Me retiré un poco apenada y acongojada a mis aposentos. ¿Qué hice mal delante del maestro? Yo sólo había querido hacer lo que consideraba correcto.

Pasado un rato, escuché a la gente reír y hablar animadamente, así que dejé mi orgullo a un lado y llegué a la estancia principal. El maestro me miró nuevamente.

—Qué grato que hayas regresado, Marta —me indicó un sitio a lado suyo—, aquí hay espacio para que te sientes. Ven.

Jesús comenzó a contar una de sus parábolas, la elocuencia de sus palabras y el bello sonido de su voz me fueron envolviendo y llenando de una tranquilidad inexplicable. ¿Hace cuánto no oía hablar al maestro de esa forma? Pensándolo bien ¿lo escuché, en realidad, alguna vez? Tanto me ocupé en mis acciones para servirle que me olvidé de que lo importante es él. Irónicamente, al querer atender al maestro y a sus discípulos, lo había hecho a él a un lado, lo había ignorado ¿cómo se sentiría Jesús al ver que no daba importancia a su mensaje?

Miré a mi hermana María, con razón esta niña se había salido con la suya al no quererse conformar con ayudarme en la casa. Ella había escogido poner atención al maestro, disfrutaba de la mejor parte y ahora yo también disfruto de la mía.

LA PEQUEÑA Y EL PROFETA

Ángel Manzo Montesdeoca

Marcos 6:14-29

SI LO CONTARA HOY TAMPOCO ME CREERÍAN. A los niños no se les cree, menos ante la palabra de un santo, y mucho menos si es palabra de una niña. Y, a pesar de que todos saben que los santos también pecan, prefieren conservar la buena reputación del santo, en especial cuando es un hombre de Dios consagrado desde su concepción.

Todavía percibo el olor a sangre, su color rojo oscuro destilando. Chorrea lento en coágulos deformes. Caen a gotas y salpican de forma copiosa cuando el verdugo alza su cabeza agarrada de los pelos y la afirma en la bandeja gris de la vajilla imperial. Veo sus ojos desorbitados y emblanquecidos, piojos que saltan de su cabeza al plato, moscas que zumban haciendo torbellinos; allí está la tez pálida de un rostro que impregnó la frialdad de la espada al ser degollado.

Se expone como un trofeo en plena fiesta; entre las flautas, las cítaras, los tambores, y el olor a comida —cerdo asado, especies, pescado, majar de higos, venado cocido, cordero curtido, queso de cabra, longanizas ahumadas— es exaltado como evidencia del cumplimiento de la palabra real. Luce como las exóticas plantas que adornan el salón. A la vista de todos es una señal de respeto y también de burlas, pero para el rey es una consecuencia de los efectos de las palabras de más cuando el exceso de vino ha hecho de las suyas.

La noticia se corrió por todo el pueblo, el profeta había sido decapitado en la fiesta de cumpleaños del rey. Del profeta se decía que su compromiso por la ley lo había llevado a denunciar el pecado de inmoralidad sexual de la autoridad real, por lo que se trataba de la muerte de un justo. Sin embargo, se culpaba a mi madre de ser la artífice malévola del fin del santo profeta de Dios.

Se decía que mi madre estaba furiosa porque el profeta la acusaba de corromper a la realeza con sus encantos. Anunciaba fuego del cielo, días de juicio e ira divina por despertar "concupiscencia en los hombres" a los que había seducido.

Fueron pocas las ocasiones en las que el profeta vio a mi madre. Recuerdo que mientras hacíamos un recorrido con Felipe, sintió que una mirada penetrante la desnudaba, volteó su rostro y observó a un hombre rustico, delgado, de cabello reseco y extensa barba en una esquina de la plaza. Preguntó a los soldados:

—¿Quién es ese hombre?

—Es el profeta de los judíos, el que habita en los desiertos y bautiza con agua —respondieron.

—¿Del que se dice es un santo?

—Sí señora, el mismo —afirmaron.

—¡Vaya santo!, con esa forma de mirar —susurró mi madre.

Llegaba a nuestros oídos la obsesión que tenía el profeta por mi madre, en especial cuando inició su nueva relación con Herodes —muy pocos sabían de los intentos de asesinato que

Felipe había procurado a mi madre por sus celos enfermizos, era un demonio poseso de celos y lascivia. No tuvimos otra opción que pedir ayuda al rey, quien se convirtió en seguridad para nosotras.

Mi indignación por lo que decían de mi madre me llevó a ir en busca del profeta. Lo hice a escondidas, sabía que pocos se darían cuenta. Siendo una chiquilla de diez años pasaría desapercibida. Pregunté en el pueblo, averigüé, fui aquí, allá, y por acá, hasta que me dijeron que tenía su casa en las cuevas del desierto, cerca del Jordán.

Me introduje con un candelabro en las montañas —mi rabia vencía el temor—, podía escuchar los lobos y las aves, el viento y la arena que se levantaba con mis pasos. Llegué a la cueva, de lejos observé al profeta que parecía estar en éxtasis. Lo llamé:

—Profeta, profeta, soy Salomé, la hija de Herodías. ¡Estoy aquí! y quiero saber ¿por qué odias a mi madre?

El profeta me miró con atención, su mirada era tierna y su sonrisa se mostraba dulce y amistosa.

—Pequeña, no odio a tu madre —me dijo—, sólo hago la voluntad de Dios.

—Pero la voluntad de Dios no es que denigres a mi madre —repliqué.

—Oh pequeña, ignoras la ley, ven mañana a esta hora y te explicaré —y se introdujo en su cueva dejándome con la palabra en la boca.

Esa noche no pude dormir. Nadie sabía de mi encuentro con el profeta. Después de todo, no había sido tan malo como me imaginaba, como suponía. Por alguna razón, sus ojos me recordaban a mi padre…

Al día siguiente inicié mi camino. El sol se había ocultado

pronto, me perdí en el trayecto hasta que encontré la cueva del profeta que tenía una pequeña fogata en su interior. Me acerqué sin hacer ruido, lentamente empujé la puerta.

—Pasa, pequeña, siéntete cómoda —dijo. Olía a miel y langostas.

—¿Qué es eso? —pregunté.

—Es mi alimento. ¿Estás aquí porque quieres conocer de la ley? —expresó.

—No, estoy aquí porque quiero que dejes de difamar a mi madre ante el pueblo —respondí con firmeza.

—Acércate, quiero que veas algo —Desempolvó un rollo, lo tenía refundido en un baúl, eran escritos sagrados en una lengua extraña para mí. Luego me dijo—: Ven, ponte frente ellos.

Mientras, él se colocó detrás como cubriendo mi cuerpo con el suyo.

—Esto y esto dice la ley, pequeña.

Pero de pronto, se juntó más y más, podía sentir su respiración acelerada, apretó mi cuerpo. Me asusté, me aterré. Con sus manos comenzó a levantar mi vestido por atrás. Grité, mientras su saliva humedecía mi rostro

—¡Qué haces, maldito profeta!

—Calla, mi niña…

Levanté más la voz, mi cuerpo era poseído. Comencé a llorar y lamentar mi pequeñez, me vi impotente hasta que alcancé a tantear el candelabro, lo agarré fuerte y golpeé contra su cabeza. Me soltó por el impacto, y salí despavorida corriendo.

Llegué al castillo como conducida por un ángel, sin saber

cómo. Aún temblaba. Mis vestidos me delataban, estaban rotos, sucios, hediondos; había manchas de sangre, marcas en mi cuerpo y un olor putrefacto me envolvía. Traté que nadie se diera cuenta, pero mi madre salió.

—¿Dónde estuviste? ¿Qué te pasó? ¿Por qué estás así?

Me miró de pie a cabeza, a los ojos, y solo pude llorar incontenҰiblemente.

—Calma hija mía, dímelo todo.

—Mamá, no sé si me creerás.

—No te preocupes, una madre siempre sabe la verdad de una hija —concluyó.

Pasó el tiempo, pero no la memoria. Todo fue calculado, sí. Mi danza había cautivado al rey que alegre por el vino me prometió todo lo que yo quisiera, hasta la mitad del reinado. Con la garantía de la palabra del rey en público, salí y busqué a mi madre, nos miramos en complicidad. Me apapachó, me besó y yo la abracé y la besé.

Mirándome dijo:

—Yo sí te creo. Adelante pequeña, sabes lo que tienes que hacer.

Salí firme y decidida ante el rey. Nadie se imaginaba lo que pediría ni los motivos que tenía para hacerlo:

—Quiero que me des la cabeza del "santo profeta" —dije

…y se impuso un silencio en la fiesta que grita hasta hoy.

ÉSE, EL OTRO

Jimmy Sarango

Hechos 9: 10-15

—Es demasiado riesgoso —fue lo primero que pensé.

Respiro, trato de controlarme sin mucho éxito. Esa mezcla de enojo, rabia, impotencia, que ni siquiera puedo agarrar la taza de café sin regarlo. Así como un toro furioso me siento, dando vueltas, viendo a quién impactar, a quién reprochar. Hoy es uno de esos días en los que no entiendo nada y no quiero hacer nada.

Sí, lo sé. A veces Dios nos pide cosas que no queremos hacer, nos da mensajes que no queremos decir y nos empuja hacia la puerta para abrirla a quienes no queremos recibir. Podría desobedecer, siempre está la opción, pero no es lo que se espera de mí, y no es lo que quisiera hacer tampoco. Por eso me cuesta tanto esta petición, porque cumplirla me pone entre la espada y la pared frente a los que me miran y no cumplirla me pesaría por no haber sido obediente.

Para rematar, Dios me pide que ore por un asesino como si fuera amigo. Porque no puedo suavizarlo de otra manera: ¡es un asesino! Imagínate lo que dirán de mí los vecinos, mis amigos de la iglesia, pensarán que soy cómplice de delitos que no cometí. Tantos años enseñando a otros a proceder correctamente y, de repente, ¡pum! heme allí conversando con un criminal, un hombre que aprobó el encarcelamiento y tortura de muchos amigos y conocidos.

Pero si no me acerco yo, ¿quién lo hará? Si otros se enteran de que está vulnerable, cobrarán venganza. Si se enteran dónde está hospedándose, escondido, armarán un tumulto y lo visitarán para golpearlo, para hacer justicia por mano propia. Yo haría lo mismo si supiera que el capturador de mis familiares está cerca.

Y mientras sigo pensando en la justicia que debe ejecutarse, recuerdo que también merecemos una segunda oportunidad, aunque considere que el otro no la merece. La compasión no depende de mí. Jesús nos enseñó hace algún tiempo que debemos amar a los que nos aborrecen, ¡pero nunca creí que tendría que hacerlo!

Mejor busco mi abrigo. La noche se acerca y lo que me fue encomendado debe realizarse.

Siendo sincero, tengo miedo. He oído tantas historias sobre este tipo. Implacable, no negocia, llega y hace lo que quiere. No le ha pesado en su conciencia el asesinato de amigos míos ¿Quién podría garantizarme que no hará lo mismo conmigo? Pero algo hoy es diferente.

Me abren la puerta con temor, en silencio, como para que nadie se entere quién llega ni quién está ahí. Lo miro. Está sentado, muerto del miedo. ¡Ja! Podría cobrar venganza por todos los que cayeron en sus manos. Podría decirle cuánto dolor provocó, quizá deba saberlo, pero no me corresponde hoy ese mensaje. Haré lo que me pidieron.

Debo orar por él, decirle que recobrará la vista, que esté tranquilo, que Dios lo ha elegido como discípulo. Quisiera decirle otras cosas, pero eso me fue encargado. Quizá con este mensaje sepa que no está solo, que sus errores tienen perdón y que en nosotros encontrará una familia. Es difícil abrazar al que nos lastimaba y aun así debo hacerlo. Eso fue lo que me encargaron.

Escucha mi voz, se sorprende, y me pregunta:

—¿Es usted Ananías?

—Sí —le respondo—, he venido a orar por ti, querido Pablo.

LA CARTA

Dayse Villegas

Filipenses 4: 2-9

Se trataban con el máximo cuidado, precisamente porque las dos lo sabían: eran totalmente diferentes. Con intuición casi química, habían entendido a las pocas horas de tratarse que en otra vida se habrían detestado o al menos ignorado por completo. En esta nueva, sin embargo, tenían especial cuidado en lo que se decían y en cómo se trataban ante los demás.

Evodia había estado casada, tenido hijos y enviudado. Ahora debía trabajar para sustentar a su familia y, aunque era pesado, lo hacía bien. Síntique era más joven, no estaba casada, no tenía hijos y, por lo que se sabía, gracias a su familia nunca había tenido la necesidad de trabajar para vivir.

Evodia era silenciosa y eficaz, se concentraba en una cosa a la vez, bien y a tiempo. Todos sabían que en lo que se propusiera tendría éxito. Al otro lado estaba Síntique, siempre con algo que decir, una pregunta, una sugerencia, una opinión y también una solución; abarcando más de lo que podía hacer y, sin embargo, de alguna forma y contra todo pronóstico, saliendo con fortuna al final.

Algunos opinaban que era injusto que Evodia trabajara

tanto y no tuviera mayor reconocimiento por lo que hacía por los demás. Era injusto que Síntique tuviera tantos privilegios y no se decidiera por algo, sino que quisiera involucrarse en todo. Si había que viajar, iba. Si había que aportar, podía. Si había que hablar, no se quedaba callada. Evodia se esforzaba el doble y sin tanto alarde.

Otros pensaban que tampoco Evodia era perfecta. Estaba por lo general seria y con prisa, hacía lo necesario y desaparecía. No se quedaba a las agradables reuniones después del culto y, si lo hacía, no se podía conversar con ella. Tardaba en entender las bromas y se reía poco. Era intimidante y observadora.

Pero en algo estaban de acuerdo algunos y otros: esas dos nunca estaban juntas.

Podían cooperar. Tomaban una tarea y se la repartían cuidadosamente, como para no interferir en lo que hacía cada una. Los resultados eran siempre evidentes. Varias veces habían liderado junto con Epafrodito la recaudación de fondos para enviárselos a Pablo. No había dudas de eso, nadie podía negar la transparencia. Pero quedaban los comentarios de que dos de las principales líderes de la iglesia no se soportaban, y todo el mundo quería saber por qué.

Habían buscado a Epafrodito, la voz oficial. Él había contestado, primero con incredulidad y después con frialdad, que no tenía idea de lo que le hablaban. Que estaban equivocados. Y con gran desconsideración por la inquietud general, había hecho su maleta y se había ido a Éfeso, o tal vez a Roma, a buscar al apóstol que se decía que estaba preso, para entregarle las ofrendas. Dejó la responsabilidad por unos días a Evodia y a Síntique, con la sorprendente revelación de que pronto tendrían entre ellos al enviado de Pablo, a Timoteo en persona.

Síntique una vez había escuchado decir a su padre: "A mayor confianza, mayor respeto". A esa máxima, ella le añadía algo más: "A mayor diferencia, mucho mayor respeto".

Y aunque eran distintas, Síntique respetaba a Evodia. Su forma de mostrarlo era no interfiriendo en sus asuntos, no interrumpirla cuando hablaba, no argumentar en contra cuando sabía que la otra tenía la razón.

Y no hacer comentarios sobre si sonreía poco o si no iba mejor arreglada. Su estrategia, cuando la conversación se iba por ese lado, no era irse, sino cambiar el tema con voz muy fuerte, aunque sabía que eso la hacía quedar como maleducada.

Sabía muy bien de su propia fama en la iglesia. Pero no era eso lo que la desesperaba, sino que las cosas allí fueran lentas, ¡siempre demasiado lento!

Había tanto por hacer, todo necesario. Pero claro, se necesitaba exponer los asuntos al resto, y el resto se tomaba su tiempo para escuchar, para entender, y para decidir… Finalmente, se elegía una, y lo demás quedaba para después.

Pensaba seriamente si debería escribir una carta por su cuenta al hermano Pablo. Era casi la única persona que había escuchado sus propuestas sin hacerla callar. No había acogido todo lo que ella había dicho, pero estaba casi segura de que le había prestado atención de principio a fin.

El hermano Pablo, según había dicho Epafrodito, había recomendado dejarle el cuidado de la iglesia hasta su regreso. A ella y a Evodia.

La idea era emocionante y terrorífica.

❈

Los que no habían conocido al hermano Pablo más que por carta, decían que era estricto e imponente. Que no toleraba las debilidades. Que no soportaba que le llevaran la contraria. Una especie de general que un día vendría a poner orden en Filipos. Pero eso no fue lo que ella había visto en su juventud, en aquella primera iglesia que se reunía a la orilla del río y en las casas.

La primera cosa que le sorprendió fue que, aunque parecía estar débil (acababan de arrastrarlo por la calle y golpearlo con palos), ¡siempre estaba sonriendo!

Lo siguiente que vio fue que el hermano Pablo realmente apreciaba a la gente trabajadora, como a Lidia, la mercader. Apenas entendido esto, Evodia pudo relajarse: a ella le gustaba trabajar.

Pero lo que realmente le impactó fue que a la hora de distribuir las tareas no había diferencias. Sólo había que cumplir lo que se había prometido, y entonces el hermano Pablo te daba su confianza, fueras mujer u hombre, joven o anciano, amo o esclavo. Y Evodia sabía cumplir su palabra.

Después de eso, nada fue fácil, pero sí diferente. Nunca había trabajado con alguien que esperara tanto y que diera tanto al mismo tiempo.

No todas las personas, pensaba Evodia, merecían tanta confianza. Pero Síntique sí. Era, igual que ella, trabajadora e inteligente. Demasiado inteligente. Siempre tenía una idea y quería compartirla. Escucharla era un poco abrumador; si no ponías atención, te quedabas atrás. Pero Evodia hacía el esfuerzo, porque generalmente valía la pena. Y porque sabía que no muchos más querían quedarse a escuchar. O a trabajar.

Además, se lo debía al hermano Pablo. Quería entregar la confianza que había recibido. Aunque todavía no sabía cómo hacerlo.

La noticia de la visita de Timoteo causó emoción en toda la ciudad.

Casi nadie se acordó de protestar por las encargadas temporales, y todos se unieron en la preparación de la bienvenida, del hospedaje y todo lo demás.

Evodia no fue la excepción. Acordó brevemente con Síntique que la menor se ocuparía de todo lo relacionado con las visitas y la ayuda a los enfermos y a los necesitados, mientras ella coordinaba las tareas para tener la casa en orden para el misionero.

Como antes, el acuerdo funcionó. Los enfermos y los pobres fueron atendidos. La iglesia estaba lista para recibir a una docena de mensajeros paulinos. El tiempo alcanzó y sobró, y luego se alargó hasta que los días se hicieron meses y se hizo evidente que el viajero venía lento o no venía. La habitación fue recogida hasta segundo aviso, la comida se consumió para que no se echara a perder, los ánimos se enfriaron y la imaginación empezó a funcionar.

—Pero, ¿qué camino tomó Epafrodito?

—¿No dijo que venía enseguida?

Lo que recibieron, al cabo de dos meses, fue una carta. Epafrodito había enfermado gravemente en Roma, había que cuidarlo y Timoteo simplemente no podía dejar al preso y al enfermo para venir hasta Filipos. La visita estaba cancelada y a eso se le añadía la preocupación. ¿Volverían a ver a su hermano?

Así como hubo angustia, hubo hipótesis.

—Eso pasa por querer viajar solo.

—¡Y nos dejó todo este trabajo!

—¿Qué dices? ¡Aquí todos hemos trabajado más que tú!

—¡Tal vez, pero cualquiera ha dado más que tú!

Para terminar con las quejas y las discusiones, Síntique propuso que utilizaran los recursos que habían reunido, dinero, ropa y enseres, en la atención a los pobres. No obstante, a los que habían hecho donaciones pensando en Timoteo y tal vez en Pablo, eso no les pareció bien y algunos quisieron recuperar lo que habían dado, pues incluso habían preparado una placa conmemorativa en la que constaban los nombres de los donantes. La mujer se indignó ante esta muestra de parcialidad y vanidad, y Evodia tuvo que intervenir. Nada iba a devolverse. Ella lo repartiría personalmente.

Síntique abandonó la sala, y su lugar fue ocupado por una teoría que pronto se dio por cierta: un par de mujeres jamás podrían dirigir bien una iglesia, ni siquiera por un tiempo.

—No estoy enojada contigo.

Evodia levantó la cabeza de donde estaba, limpiando el piso después de la reunión. Síntique estaba en la escalera, mirando hacia la calle.

—Lo sé.

—Es que no puedo creer lo que dijeron.

—Entiendo.

—No me molesta que vayas a repartir tú.

Silencio.

—Me molesta que hayan hecho todo esto porque creían que era para alguien especial, para quedar bien. Sería bueno que alguien enseñara sobre esto. Pero Epafrodito ha enfermado, y Timoteo no viene... y el apóstol está preso.

De ahí en adelante, las reuniones se convirtieron en una especie de coliseo. Prácticamente nadie podía concentrarse en las palabras de los maestros. Las miradas estaban fijas en las dos líderes, que intercambiaban menos palabras que antes, aunque seguían firmes en sus lugares.

El equipo de ayuda a los necesitados se transformó. Algunos lo dejaron para mostrar su lealtad a Evodia y, como resultado, Síntique se encargó de la mayor parte de ese trabajo.

Mientras que otros, por solidaridad a Síntique, decidieron dejar los grupos con los que Evodia daba a conocer el evangelio en los hogares. Ella debió doblar sus turnos.

Así, muchos se encontraron con suficiente tiempo para reunirse por su cuenta a discutir el futuro inmediato de la iglesia.

Ahora que lo pensaban, alguien dijo que había visto a Evodia apretar los labios mientras escuchaba a Síntique.

Alguien más recordaba que al parecer habían visto a Síntique poner los ojos en blanco mientras Evodia enseñaba.

En cuestión de días, había dos bandos defendiendo a dos personas que no se habían enterado de la división.

Evodia lo vio venir, pero decidió que no podía descuidar sus labores de evangelismo para ir a buscar a personas que se habían alejado por voluntad propia. Síntique se dio cuenta, pero no iba a abandonar a los enfermos para ir a buscar a los que en su opinión estaban perfectamente sanos.

En acuerdo silencioso, las dos siguieron trabajando por separado.

❋

Cuando se cumplieron siete meses de este nuevo orden, un grupo de chicos llegó corriendo a la puerta de la casa.

Tras ellos llegó Epafrodito, tremendamente cambiado, reconocible solo por sus ojos amables y su sonrisa sincera. Y su expresión de sorpresa al ver su casa vacía.

Pero no tardó en llenarse de gente que venía a abrazarlo y a reunir pruebas de vida. ¿Qué le había pasado en Roma? ¿Por qué había tardado tanto en recuperarse?

Así que, Epafrodito, recorriendo la sala con la mirada, encontró a sus encargadas, las llamó, abrió la carta y empezó a leerla ante pequeños y grandes, toda la iglesia:

"Cada vez que pienso en ustedes, le doy gracias a mi Dios. Ocupan un lugar especial en mi corazón. Quiero que sepan que estoy encadenado por causa de Cristo. Es cierto que algunos predican por celos y rivalidad, pero eso no importa… El mensaje acerca de Cristo se predica de todas maneras. Por el bien de ustedes, es mejor que yo siga viviendo. Vivan como ciudadanos del cielo. Tengan la misma actitud que tuvo Cristo Jesús. Hagan todo sin quejarse y sin discutir. Pase lo que pase, alégrense en el Señor. Tomen mi vida como ejemplo. Ustedes son mi alegría y la corona que recibo por mi trabajo".

Entre las últimas palabras, cayó una frase después de la cual las palabras del apóstol quedaron apagadas por muchas otras voces de sorpresa… "Ahora le ruego a Evodia y le ruego a Síntique que tengan una misma mente en el Señor".

Evodia se quedó inmóvil. No llegó a escuchar los elogios sobre su trabajo en el evangelio. Con los ojos clavados en la carta, esperó mientras Epafrodito pedía orden para poder continuar.

Síntique tampoco podía oír, le zumbaba la cabeza. Tuvo que salir de la casa y pararse en el portal para poder respirar.

Adentro, Epafrodito insistía en que guardaran silencio, pero en vano.

—Si el apóstol lo dice, es por algo.

—Pero, ¿cómo lo supo?

—¡No me digas que tú le escribiste!

—¡Yo no hice nada!

—¿Pero no se han dado cuenta? ¡No le ha enviado saludos directamente a nadie! ¡Sólo las nombra a las dos!

—¿Quién es Clemente?

—Nosotros también trabajamos en los primeros tiempos y no nos dice nada.

—Siempre quieren sobresalir ellas.

—¡Dejen oír!

—¡Silencio!

—¿Y quién es Clemente?

Finalmente, Epafrodito cerró la carta, agotado. Por más que le rogaron, se negó a seguir leyendo hasta el día siguiente. El viaje le había quitado muchas de las fuerzas. Evodia, que se había levantado silenciosamente, le preparaba la cena en la cocina. Las mujeres que la siguieron permanecían mirándola, pero nadie se atrevió a preguntar nada. A lo mucho, alguien quiso saber dónde estaría Síntique.

Nadie respondió.

Cuando Epafrodito hubo comido y entró en su cuarto, y la mayoría de la gente se había retirado, Evodia bajó a la sala y encontró a un pequeño grupo reunido en la mesa, inclinado sobre la carta. Al verla, se retiraron rápidamente, despidiéndose.

Evodia se sentó, reunió valor y, aunque no quería, se puso a leer.

Síntique trató de reunir todos los recuerdos de la última reunión hasta justo antes de la carta. Es verdad que el ambiente hacía tiempo que estaba raro, pero de todas maneras quiso atesorar lo que le quedaba. No tenía idea si volvería a aparecer por allí. Se sentía muy avergonzada y humillada. ¿Quién habría podido decirle algo al apóstol? Sólo quedaba Epafrodito.

¿Por qué las había dejado encargadas si tenía una mala opinión de las dos? ¿Por qué no las había llamado para hablar en privado, como les había enseñado que se debía hacer?

Ya casi era la hora de las visitas. No se había vestido para salir. Por primera vez en muchísimo tiempo, no tenía fuerzas.

Su madre entró a verla, y ya iba a decirle que no se sentía bien, cuando vio que venía seguida de Evodia, quien para mayor horror traía en las manos algo que Síntique reconocía demasiado bien: la carta.

—Tienes que leerla —empezó Evodia. Pero eso era lo último que Síntique quería, y mucho menos delante de su familia. Tomó mucho trabajo convencerla de que escuchara.

Era increíble cómo una sola frase le había hecho olvidar todas aquellas frases de cariño intenso, las lágrimas del apóstol, su deseo de seguir viviendo en prisión por estar con ellos un tiempo más, hasta llegar a las temidas palabras: "Ahora le ruego a Evodia y le ruego a Síntique que tengan una misma mente en el Señor. Y te pido a ti, mi fiel colaborador, que ayudes a esas dos mujeres, porque trabajaron mucho a mi lado para dar a conocer a otros la Buena Noticia. Trabajaron junto con Clemente y mis demás colaboradores, cuyos nombres están escritos en el libro de la vida. Estén siempre llenos de alegría en el Señor. No se preocupen por nada".

—¿Ésta es la misma carta? —Síntique no recordaba nada de eso.

—Sí —dijo Evodia, plegando la carta—. No te quedaste a despedirte de Epafrodito. Él quería hablar contigo. ¿Entiendes bien lo que nos está diciendo el apóstol?

—Que nos ruega que dejemos de ser enemigas.

Evodia levantó la cabeza y miró a Síntique cara a cara.

—Pero tú y yo no somos enemigas.

—No. Pero tampoco hablamos mucho.

—No puedo pensar en una sola vez en que me hayas tratado mal, o me hayas mentido, o me hayas abandonado en medio de una necesidad.

—Yo tampoco.

—Hemos trabajado por la misma causa. Mira: dice que somos sus colaboradoras, como los demás. Pero hay más. Le está pidiendo a Epafrodito que nos ayude. No que le ayudemos a él. ¿Sabes por qué?

—No.

—Porque tenemos que seguir liderando esta iglesia mucho tiempo más. La salud de Epafrodito aún no es buena. No puede hacerlo solo todo el tiempo. Tenemos que hacerlo nosotras, con su ayuda.

Síntique no estaba tan segura.

—¿Cómo sabes todo esto?

—Porque lo leí muchas veces, y porque Epafrodito me lo ha dicho. Y porque el apóstol tiene razón: si vamos a seguir trabajando en este lugar, con estas personas, tenemos que tener una misma mente o nos va a pasar lo de antes: trabajando juntas, pero separadas, dejando que todos se dividan. ¿Acaso nos ha dicho algo malo? ¿Que tengamos una misma mente en el Señor? ¿Debería eso darnos vergüenza?

Además —continuó Evodia— uno de los comentarios de la noche anterior era cierto: solo las había nombrado a ellas, pero no para humillarlas, sino para prepararlas. La carta no había tenido intenciones de entristecerlas, todo lo contrario, las animaba a estar siempre alegres, a no preocuparse por nada.

Síntique volvió a leer la carta. Varias veces, tratando de oír la voz del apóstol en su memoria.

—¿Sabes quién le dijo lo que pasaba?

—¿Quién?

Evodia rio alegremente, y Síntique se quedó asombrada de ver cómo se le transformaba la cara.

—Epafrodito. Antes de irse, ya había escuchado los rumores de que estábamos peleadas. Al recibir la instrucción de Pablo, se acordó de eso y se lo dijo. El apóstol quiso prevenirnos. Ahora no tenemos excusa para pelear delante de la congregación. Hemos recibido la orden. Tenemos un buen ayudante.

—Somos un buen equipo.

—Tu nombre y el mío están en El Libro.

Ahora el silencio gozoso llenó todo y borró las muchas lágrimas.

—Esto no le va a gustar a mucha gente —advirtió Síntique con voz ligera.

—Está bien. No queremos gobernarlos, queremos servirles, y eso sabemos hacerlo. También tenemos la orden de no preocuparnos por nada.

—Todavía no sé cómo no preocuparme.

—Hay que aprender. Vamos. Ya es hora.

¿JERARCAS Y HEREJES!

Ángel Manzo Montesdeoca

Hechos 6-8

GRITOS, ENOJO, CALOR, SUDOR, CONMACIÓN. Insultos, gritos, bandos, empujones, saliva va y viene. Algarabía, cenizas, furia y más gritos. ¡La comunidad arde! ¡Está encendida! Los de un lado acusan. Los del otro lado se defienden. Razones, motivos, lamentos, argumentos que se expresan; imponen y suponen. Voces suben, se cuelgan, bajan, se detienen y vuelven a subir. Las mujeres murmuran, pero no intervienen. Los niños huyen. Los esclavos se esconden. Se escucha un balido de chivo, muge una vaca, rebuzna un burro, chilla un conejo, grazna una urraca, correteos en el establo. Todos se encuentran agitados.

Afuera, más personas. Aguardan la sentencia. Unos dicen que hicieron bien. Otros acusan que estuvo mal.

—¿Dónde está lo malo? —preguntan.

—No tenían la autorización —responden.

—¿Se debe obedecer a Dios y no a los hombres? —replican.

—Necesitamos el orden, sino todos nos descalabramos como ovejas sin pastor

—Nunca debieron hacerlo

—Fueron más allá de lo debido y ahora deben asumir el costo

—¡Anarquistas!

Dentro, algunos toman partido. Los ancianos han optado por la autoridad y el sometimiento. Los más jóvenes se muestran inconformes. Otros, indecisos, no saben a quién creer ni por qué razón juzgar. Hay confusión. Se han infiltrado los curiosos, que a manera de reporteros amarillistas hacen el lleva y trae con la información.

Llegué por casualidad. Bueno, en realidad porque Juan Marcos me había invitado, y hasta cautivado:

—¡Debes conocer un pedazo de cielo aquí en la tierra! En mi comunidad el amor de Dios fluye. ¡El proyecto del Mesías es real! Todos participan unánimes. Son de un mismo sentir. Nadie considera sus bienes como propios. Comparten el pan con sencillez y alegría. Alaban a Dios y todo el mundo los estima.

Pero lo que veía me enredaba. ¿O yo era tan lego que no entendía o Juan Marcos se confundió de comunidad?

—¡Silencio! —en tono enérgico dijo Santiago el gran obispo de Jerusalén—Tratemos de escucharnos y obrar con justicia en este caso.

—Pero, si se restringe el accionar del Espíritu, ¡cómo esperas que se obre con justicia! —gritó alguien sin ser identificado.

Se levantaron los mayores, los ancianos, los que saben, entre ellos Jasen (varón respetado por su rectitud y sabiduría), quien presidia la comisión interventora:

—Escucharemos a los dos bandos. Comenzarán nuestros

padres, los apóstoles: Santiago, Jacobo y Pedro. Después los acusados: Esteban y Felipe.

—Ustedes son testigos —dijo Santiago— de nuestra mejor intención surgió la idea de encargarles este ministerio. Ha pasado el tiempo, la comunidad creció y ahora el trabajo es extenuante para nosotros. Además, nos queda poco tiempo para aquello que es importante, por no decir lo más verdaderamente importante...

—La oración y la palabra —continuó Pedro—, por eso dimos instrucciones precisas. Les indicamos cuáles eran sus funciones y los límites se sus atribuciones. No prestaron atención a nuestras órdenes ni observaron los peligros de confusión que esto traería al bienestar de la comunidad...

—Pero las traspasaron. Fueron más allá de lo permitido y autorizado, trayendo deshonra a nuestra autoridad —habló Jacobo, poseído de una furia titánica—. No se atrevieron ni a consultarnos, menos a preguntar. Simplemente obraron sin medir las consecuencias de sus actos, y ejercieron funciones para las que no estaban calificados ni por nosotros ni por nadie.

—Por esa razón deben ser excomulgados de la comunidad —concluyó Santiago.

Los presentes voltearon la mirada a los dos acusados, esperando su reacción. Pero estos, con cabezas gachas y ojos vidriosos, enmudecían.

Yo aún seguía ahí —entre el tumulto— sin entender bien las cosas; no me quedaba claro cuál era el delito que habían cometidos esos hombres. Probablemente sería algo muy malo. Quizás cometieron alguna estafa o algún asunto inmoral. Juan Marcos me había contado que en su comunidad eran muy celosos, incluso recordé su historia de una tal Saxexpira y Amnenesias que cayeron muertos como cucarachas por andar de hipócritas aparentando una falsa piedad.

Jasen hizo señal de tranquilidad:

—Es su turno. Ustedes, los de la derecha. Los escuchamos.

—Hermanos, es verdad que fui elegido para la diaconía —dijo Esteban, —pero los miembros de la sinagoga de los Emancipados se pusieron a discutir, hicieron preguntas por el poder y los milagros que el Señor hacía por mi intermedio. Pedían explicación del Camino. No pude retenerme y les hablé en libertad. Sé que mis palabras pudieron ser incómodas al cuestionar el templo y los diezmos, pero ellos las distorsionaron con testigos falsos, casi pierdo la vida.

—¡Es cierto!, yo vi cuando comenzaron a apedrearlo —gritó uno.

Un fuerte "¡Shish!" de Jasen, exigiendo respeto, superó la interrupción.

Esteban continúo:

—También sé que no debí pasar por encima de ustedes, autoridades y voces oficiales del Señor. Pero una fuerza de lo alto me dominó...

—Sí, tu arrogancia —dijo Santiago— porque no estabas conforme con ser diácono. Siempre buscaste sobresalir para "hacernos la casita".

—No, obispo, jamás tal pensamiento ha pasado por mi cabeza —intervino Esteban—; para mí es un honor servir a mis hermanos en el repartimiento del pan y en las mesas como lo hizo el Maestro.

—¡Ahora te das ínfulas de espiritual, ¡parido de fornicación! —se escuchó en lengua aramea de uno de los que acompañaban a Jasen.

Todo esto me estaba preocupando. Me encontraba como observador de una pugna feroz. Juan Marcos no podía ni mirarme, lo hacía de reojo y con recelo. A lo mejor temía que yo le echara en cara: "¿Ésta es la comunidad de la que tantos alardes me hacías? ¿Éstos son los santos que no se parecen a mis amigos del pueblo, los publicanos, leprosos, tatuados, afeminados, rameras y pecadores, y que tu padre tanto condena?"

—¡Calma por favor! —pedía Felipe, quien dirigiéndose a los apóstoles expresó:

—Si a juicio de ustedes Esteban ha actuado mal, pues lo mío será motivo de censura. En Samaría proclamé al Mesías. Lo sé, ése es un ministerio asignado solo a ustedes, pero la fuerza de Dios fue mayor que mi fuerza. El Señor también se manifestó con señales y milagros. Además, debo confesarles, a mi retorno por un camino desierto me encontré con un eunuco etíope que se decía ministro real de una reina. Leía nuestra Ley, pero no entendía nada. Me acerqué más para conversar...

—¿Ahora te declaras maestro de paganos? ¡Maldito impuro! —le interrumpieron.

—No, no me declaro maestro de nada, pero el Señor me usó como tal —respondió Felipe.

—Tu lengua te ha delatado. Has usurpado el sagrado ministerio apostólico — acusó uno.

—Por eso estos griegos liberales, que dicen ser judíos, no son de confianza — vociferó otro.

Voces iban y venían.

—¡Serenidad!, ¡cálmense todos! —gritaba Jasen.

—También debo decir algo... Bauticé al etíope —remató Felipe.

Un silencio de ultratumba se hizo presente...

Yo pensé que eso era la tal *parousia* de la que tanto había escuchado a Juan Marcos, pero no. Era algo peor.

—Pretendes ser nuestro obispo, cerdo profano —dijo uno de los ancianos.

—Ha llegado el momento de la resolución —comentó Jasen—, tomaremos un tiempo con los ancianos para discutir y decidir sobre este asunto. Manténganse en oración por nosotros.

Salieron de la casa.

Al interior el ambiente era más tenso. Quienes tenían familiares de los primeros discípulos —allá por los años 30 y 35—, decían que lo que sucedía era absurdo. La antigua comunidad nunca se hubiera complicado por estas tonterías, sino todo lo contrario, lo hubiera celebrado con buen vino.

—Son los efectos de la jerarquización de la comunidad —se escuchaba.

También otros traían a su mente aquel episodio cuando los apóstoles propusieron al Maestro pedir fuego del cielo para los samaritanos que hacían cosas en su nombre, y cómo fueron reprendidos diciéndoles que no sabían de qué espíritu eran. Y no faltaban los que en cuchicheos decían:

—¿En qué se está convirtiendo la comunidad? Ahora se dividen por las mesas y el ministerio de la palabra. ¿Acaso uno es más importante que otro? ¿Por qué los apóstoles han cambiado tanto? ¿Será que la influencia del Imperio los está corrompiendo?

Los de fuera se decían:

—¡Es una injusticia! No están mirando la obra de Dios sino sus intereses.

Se escuchaba también:

—Es que Esteban les tocó la gallina de los huevos de oro (el templo y los diezmos). Quien se mete con eso no sale bien parado.

—Para mí que es una cuestión de racismo judío que aún no pueden superar. ¡Qué diría el Maestro a todo esto!

—Ahí vienen —dieron aviso. Entraron como una corte real, se hizo presente la solemnidad, todos enmudecieron.

Jasen golpeó su bastón en el retablo, un mesón donde estaba en la parte frontal la inscripción EUCHARISTIA.

—Esto hemos decidido, y nos ha perecido bien a nosotros y al espíritu de la comunidad: Esteban y Felipe serán expulsados de la comunidad por no estar alineados a las órdenes que recibieron de nuestros padres los apóstoles. Desde este momento no tendrán arte ni parte con nosotros.

Con la sentencia, se levantó la sesión de prisa, pero Jacobo puesto en pie, intervino para tomar la palabra. Una sonrisa picarona lo delataba:

—¡Hermanos! Sois testigos de cómo el Señor nos ha dirigido hoy, y la sabiduría que nuestro hermano Jasen ha demostrado, por lo que nos ha perecido bien a nosotros incorporarlo a nuestro ministerio apostólico. ¡Jasen, nuestro nuevo apóstol! ¡La gloria sea de nuestro Señor!

De pronto vi el rostro de Juan Marcos, entre amarillo y rojizo, que atónito decía: —¡Mi papá entre los apóstoles!

Desde entonces se creó el refrán: "No son los de afuera los que contaminan la comunidad, sino los de adentro".

BEN-AVI... HIJO DE MI PADRE

Tomás Castaño Marulanda

Lucas 15

Ben-avi era viejo. Bueno, para su época tener cuarenta y tantos ya era una vejez loable. Había pasado el umbral de los treinta, los hombres de ese tiempo no duraban tanto. Las guerras y las intromisiones de los soldados romanos en la paz que ellos le imponían a Palestina, las enfermedades, la escasez de recursos por las malas cosechas, la pobreza. Todo eso había hecho de la esperanza de vida un bocado de sueños; la ilusión de ver crecer a los hijos, de disfrutar por más tiempo de las mieles de la esposa, de durar un día más, un año más, lo máximo posible, si el eterno Dios mostraba su misericordia en medio de las limitaciones humanas.

Esa mañana se levantó, hizo las oraciones matutinas, desayunó el pan que había horneado su esposa, abrazó a su hijo mayor, al que más quería, y salió, como era su rutina, a encontrarse con sus compañeros fariseos para conversar de las últimas ocurrencias acerca de la interpretación correcta de la ley y de cómo asimilar a los profetas y sus dichos.

Jesús para ellos era un personaje exótico. Algunos le tenían una simpatía secreta.

Alguien que mueve con tanta naturalidad las esperanzas

de las personas y de quien se dice hace señales claras de que Dios está con él, ha de ser uno de los que el eterno ha mirado desde su cielo, uno de esos que los textos narran una y otra vez como enviados del señor.

Otros, casi todos, lo miraban con sospecha. No era más que un campesino del norte sin otro estudio que el que le propiciaran su mamá, su papá y la sinagoga que se reunía al aire libre —ni para una casa de oración decente tenía el pueblucho ese de Nazaret —, un campesino que se la había pasado desde su juventud caminando con su viejo por los trechos de la aldea donde vivía y las demás aldeas del norte, intercambiando mano de obra por el precio del pan diario, si es que el buen Dios les daba la fortuna de sobrevivir con el sudor de su frente.

De un momento a otro se le reconocía como profeta entre las clases iletradas, se contaban historias de sus sanaciones milagrosas y exorcismos extraordinarios; iba de un lugar para otro transgrediendo las buenas costumbres y de paso decían que era maestro. ¿Cuál de los ancianos doctos lo formó? ¿De dónde llegaban sus respuestas tan cotidianas y profundas? Si él era reconocido rabino, ¿dónde quedarían los años de estudio que los maestros "de verdad" habían invertido para lograr el estatus que tenían como intérpretes de las escrituras?

El tema "Jesús" llevaba varios meses en la conversación constante de los fariseos de esa aldea y ese día no fue la excepción. Él había llegado hacía varias semanas con su horda de seguidores y seguidoras, y ya sus mensajes levantaban molestias.

—Se la pasa diciendo que somos unos hipócritas — refunfuñaban los que más enojo le tenían. Era sabido entre todos que el amor del pueblo lo acompañaba, el amor de las muchedumbres de hombres y mujeres que no tenían más voz que la que él les permitió con sus sermones de esperanza.

—Si tal vez pudiéramos encontrarle la caída, si logramos

que diga algo que lo aleje de la simpatía de las personas.

Era un aldeano pobre enfrentado a los que sí sabían, a los que sí habían estudiado en las escuelas farisaicas; no debería ser tan difícil encontrarle el error a su mensaje burdo.

¡Claro!, la cercanía con los impuros, los que habían traicionado a sus compañeros judíos ocupando cargos de opresión del sistema de impuestos de los romanos, las prostitutas que seducían a los hombres de bien, los que se unían a los bandoleros del camino que robaban a los peregrinos. Ésos y otros tantos y otras tantas que se reunían en torno de sus historietas debían servir para que él quedara mal frente a todo el pueblo.

Se abrazaron, se bendijeron con besos, se dieron la paz en medio de sonrisas maliciosas y se fueron a preparar la caída. Ese itinerante polvoriento de acento galileo y manos toscas de trabajos rústicos no iba a levantarse por encima de la dignidad de los maestros de las escrituras. Irían a buscar apoyo con los escribas que casi siempre los acompañaban en sus funciones diarias de vigilar el cumplimiento de las leyes en todo tiempo y lugar, por todas las aldeas y ciudades.

Por la tarde emprenderían el viaje a buscar y confrontar al Jesús predicador, profeta y exorcista del norte.

El fariseo Ben-Avi había tenido una vida tranquila. Observante apasionado de los textos antiguos, había dedicado sus esfuerzos a comprender a Dios. Sobre todo, y como pregunta constante, indagaba la idea de Dios como el gran patriarca, el jefe de la familia, el que dicta los mandatos que sus hijos deben cumplir, el que juzga con justicia las sentencias cuando sus hijos desobedecen, el que provee y cuida, el que castiga y disciplina.

Su primera esposa, el amor de su vida entera, había muerto

enferma; la sorprendió la fiebre y luego de varias semanas y varios doctores buscando ayudar en su sanación, cayó muerta. Sus primeros hijos, y una hija, fueron con ella. Tres pequeños de sus amores. Dos se habían ido a construir su propio hogar, el hijo mayor y la hija que le seguía, a regocijarse en los deleites del deseo mientras rogaban al eterno que les alargara los días. Sólo uno quedó con él, el menor de los tres, el mayor y más amado entre los que ahora tenía en casa.

El menor era un hijo de la resignación, de la obligación de volverse a casar, al fin y al cabo, el hombre no debía estar sólo. Qué dirían los demás hombres de la aldea, qué dirían los compañeros intérpretes de la ley si él no cumplía el deseo de Dios de no estar sin compañía, de no vivir sin una ayuda idónea. Le recordaba el dolor de tener una familia diferente con una mujer diferente, una que no amaba, una que ostentaba sólo como muestra de su piedad farisaica. Era al menor del matrimonio anterior al que había abrazado antes de salir a encontrarse con sus amígos.

Ben-Avi era uno de los que secretamente le guardaba simpatías al maestro caminante. No dejaba de pensar que Jesús hubiera podido salvar a su esposa, así como había rescatado de la muerte a la hija de Jairo. Tenía la certeza de que Jairo hubiese podido ser él, y que la niña traída a la vida habría sido su esposa.

Cuando llegaron donde Jesús, lo que habían presupuestado era más que notorio. Mientras él conversaba con sus seguidores y seguidoras al aire libre, se iban acercando las personas que categóricamente eran pecadoras, indignas y llenas de impureza. Todos lo que habían claramente escapado del cobijo de Dios, el gran patriarca.

Ellos esperaron a que se juntaran varios, varias, y luego se acercaron en grupo a criticar desde cierta distancia al Jesús amigo de quienes pecaban.

—Es increíblemente desvergonzado, ¡dizque profeta! Deja

que lo toquen esos que las leyes del eterno rechazan, hasta por las prostitutas se deja manosear.

Miraban con desprecio, con decepción, fingían una cierta sorpresa. Si las personas de bien los vieran y los escucharan, a ellos que eran reconocidos por cuidar de la voluntad de Dios, entonces se irían contra ese Jesús itinerante que se rodeaba de los intocables, que comía y bebía con ellos, con ellas. Eso querían, que los oyera Jesús, que los oyeran los pecadores que escuchaban a Jesús, que los oyeran las buenas gentes, los judíos piadosos que pasaban cerca de donde Jesús estaba.

Los miró. En realidad, lo miró a él fijamente a los ojos, a Ben-Avi. Le sonrió con una de esas sonrisas discretas que nota solamente el que la recibe. Es como si lo estuviera esperando. Su sonrisa le daba la bienvenida a escuchar. Él agachó la mirada.

—Paz, quiero contarles una historia a ustedes —les dijo haciendo una señal de que se sentaran al frente. Jesús sabía que a ellos les gustaban los lugares importantes. Ellos se sintieron aludidos y tomaron asiento.

Sus palabras firmes llenas de vida los iban envolviendo en los relatos. Ese carpintero era hábil para contar cuentos que inventaba mientras miraba a la gente en su cotidianidad. Tenía la capacidad de notar a Dios aconteciendo en las imágenes diarias. Lograba explicar su "reino", su forma de concebir lo divino.

Todos lo escucharon con cuidado. Iba hablando de cosas perdidas que se encuentran, de ovejas que se desvían del camino y de hijos que se alejan de las enseñanzas, la provisión y el cuidado de su padre. De alguna manera todas esas imágenes eran una sola idea, un solo mensaje, una sola parábola con la que el maestro campesino sin títulos reconocidos, pretendía explicarles a los fariseos su decisión de tener cerca a ésos y ésas que pecaban y contaminaban a los judíos.

Ben-Avi escuchó con atención. Había algo en esas palabras que lo conmovía, que se le incrustaba en el alma. ¿Sería eso que Jesús explicaba la esencia misma de quien Dios es cuando decimos que es "Abba"?

Él sí quería estar en la fiesta de ese papá amoroso y perdonador del que Jesús hablaba.

Él no quería seguir el enojo de sus compañeros indispuestos por pensar que el profeta del que todos hablaban acogía en nombre de Dios a los que ya no merecían el abrazo divino. Él sí quería disfrutar de un mundo en el que los enfermos y los pecadores se encontraran aliviados por el Dios que trasciende los roles de poder.

Ninguno de los que había acudido a la caída de Jesús se atrevió a decir algo, todos lo escuchaban atentos. Era casi hipnótico. La cadencia de la voz, los gestos del rostro, el movimiento de las manos. Todo en él hablaba, todo en ellos se sumergía en sus cuentos.

Mientras tanto, Ben-Avi se había encontrado con la revelación divina. Dios no era parte del orden jerárquico judío, era un papá. De una manera que no comprendía, a la que no estaba acostumbrado, y que involucraba la misericordia y el perdón como realidades que se podían encontrar y disfrutar en la vida diaria. Se sentía libre. Tenía la sensación de que era una forma maternal, algo más sensible, mucho más emotiva y menos rigurosa, una manera en la que se ama con las vísceras.

Al terminar el maestro no había mucho por decir, luego de escucharlo la vida no seguía siendo la misma. No quedaba más que caminar y reflexionar con quietud lo que habían escuchado, lo que había experimentado el corazón mientras las palabras de Jesús bañaban lo más profundo de sus pensamientos.

Cuando llegó a la casa, Ben-Avi abrazó a su esposa como nunca lo había hecho antes, algo muy profundo había cambiado. Casi siempre trataba con molestia a su hijo menor. Esa noche se le acercó reconociendo los errores propios y lo alzó. Su mirada se conectó a la mirada del niño, hubo un instante de eternidad. Sin darse cuenta cómo, Ben-Avi se fundió en esos segundos de misterio, se vio a sí mismo en su hijo menor. Era él el niño que estaba siendo alzado, y quien lo levantaba era su Dios, el Dios paternal y maternal, un Dios familiar y cercano. Por primera vez sintió hasta lo más profundo de su ser lo que significaba ser hijo del gran padre.

La vida nunca fue la misma para la familia del fariseo Ben-Avi; ya no contaban con un patriarca que buscaba imitar al Dios de gobiernos severos, sino con un papá/esposo que buscaba seguir con constancia a ese Dios de la compasión entrañable.

En la aldea, Ben-Avi aprendió a estar cerca de los pecadores, a tratarlos como los trataría el Dios perdonador del que hablaba aquel Jesús galileo.

LA NIÑEZ EN EL MEDIO

Karoline Mora

Mateo 18:2

HOY SE CUMPLE UNA DÉCADA de esta tormenta estomacal. Nuevamente, en las páginas de sucesos de mi periódico (esta vez digital) se encuentra en el medio una niña. Una furia interna me hizo despreciar el último bocado de mi desayuno. Sentí consuelo al escuchar en el patio los ladridos de Feli, nuestro perro, y a Sofía mi nieta que jugaba con él.

Una niña en el medio. No es la primera vez y me atormenta saber que no será la última. ¿Cómo llamarla? ¿Una niña-mujer? Así la quisieron llamar algunos, pero ella no era mujer. ¿Una niña-madre?, dijeron orgullosamente un grupo de varones adornados con sus estolas de colores, pero nunca se supo madre, nunca llegó a serlo. ¿Una niña víctima de violación?, me dijo mi nieta cuando pasando por mi lado observó la noticia que yo leía. Enmudecí, y fui consciente de que tenía ya diez años de sentir esta insatisfacción que se manifestaba como un asco en mis entrañas.

Retumbaban en mi pensamiento las palabras que el domingo pasado nos enseñaron en la iglesia: "Y llamando Jesús a un niño, lo puso en medio de ellos". Aquellas palabras que compartía la pastora me hicieron mucho sentido. Hacía ya diez años del nacimiento de mi nieta, y desde entonces la alegría que ella trajo a mi vida me hizo ser consciente de que los niños y las niñas son muy especiales y debemos colocarlos siempre en el centro de nuestras ajetreadas vidas.

Como padre me sentí bien haciendo un trabajo, aunque fue algo mecánico. Pero ahora, como abuelo, me daba el gusto de poner a la niñez en el medio de la familia. Cada decisión, cada celebración, cada desafío, cada posible cambio que la vida nos presentara…, para todo yo buscaba pensar primero en Sofía, con quien me estrené como abuelo, y en el resto de mis nietos. Son ya cuatro hermosos nietos y una nieta.

Pero, a partir de aquel amor que se entregó ciegamente a mi nieta cuando llegó a nuestra vida y a mis otros nietitos posteriormente, comenzó también de manera inesperada para mí a hacerse obvio lo que ocurría con la niñez a mi alrededor. La noticia de hoy en la página de sucesos del periódico representaba una niña más en mi lista de niños y niñas en situaciones que me hacían sentir desesperación y malestar.

Repasé en mi mente la lista más reciente de aquellos ascos, de aquella tristeza y desesperación al leer mi periódico. ¡Qué ironía!, la niñez en el medio de la que hablaba Jesús definitivamente no era lo que yo presenciaba a mi alrededor. Mi lista reciente incluía la niñez que hacía parte de una caravana migrante, algunos de esos pequeños habían muerto en el camino. La niñez desprotegida ante una moda antivacunas. Las niñas-madres, que ya eran muchas en mi lista. La niñez separada de sus progenitores por la custodia migratoria en Estados Unidos. Y, ¡claro!, ¡mi nieta que se encontraba ahora en medio de aquel divorcio tan inesperado! ¡Cuánto me duele saber que a pesar de tanto amor ella está sufriendo!

Pero ya hacía una década de la primera noticia de sucesos que me habían hecho sentir repulsión. Fue justamente el día que mi nieta nació. Recuerdo pensar que quien narraba la noticia parecía no sentir nada ante aquello que reportaba. En aquel momento —una década atrás— la noticia informaba que un niño de sólo 5 años fue atropellado por su propio padre al salir del garaje; aparentemente el niño se escapó de su madre por un segundo, se puso detrás del auto, y desde los espejos el padre nunca lo miró. Su madre y su padre estaban devastados, informaba la noticia. ¡Cuánto dolor sentí por esa familia, y por aquel pequeñito! Yo, en cambio, tenía la dicha de tener a mi nieta recién nacida en brazos.

Seguía allí, en mi mesita del desayuno, dando vueltas a la reflexión del domingo en la iglesia, y considerando esa relación que había adquirido con la niñez de mi alrededor. Mi café ya se había enfriado y por supuesto ya no lo terminaría. Continué mirando en la pantalla de mi computador el periódico digital. Pero ya no lo leía, sólo recordaba y sentía.

Decidí, esa mañana, por un instante apartar mi periódico y leer aquel libro viejo y sucio que rara vez solía leer. Tomé la Biblia que adornaba nuestra pequeña biblioteca y busqué el texto que se había comentado aquel domingo en la iglesia. Lo sagrado siempre me había brindado esperanza, así que leí entusiasmado: "…si no os convertís y os hacéis como niños…, el que reciba a un niño como este en mi nombre… Pero al que haga tropezar a uno de estos pequeñitos que creen en mí… Pero al que haga tropezar a uno de estos pequeñitos…"

Esa parte del texto no fue leída el domingo en la iglesia, pero que importante se me hacía. ¡Si todos entendiéramos esto! ¡No podemos hacer tropezar a nuestros niños y niñas! ¡Todo lo que hacemos debe considerarlos! Con urgencia anoté la cita en un pedazo de papel: "Pero al que haga tropezar a uno de estos pequeñitos que creen en mí, mejor le sería que le colgaran al cuello una piedra de molino de las que mueve un asno, y que se ahogara en lo profundo del mar".

Un escalofrío recorrió mi cuerpo. La advertencia del texto me hizo recordar el pesar que siento cada vez que pienso en mis hijos pequeños y el poco cuidado que tuve de ellos. Años atrás yo era muy violento. Y sí, muchas veces sentí que más me valdría colgarme que cargar con aquel pesar tan grande. Era responsable por sus traumas y dolores que hoy en día florecían en la forma de un divorcio inesperado para uno de mis hijos. Gracias a Dios he cambiado y, aunque me duele mucho, me he perdonado.

Lo sé, mi lista no había desaparecido, la noticia de sucesos no había cambiado. Mis hijos tampoco habían dejado de tener cicatrices de su infancia. Pero este texto me había brindado fuerza y esperanza. Mi lista no era ignorada por Dios, y a quienes hacían daño a uno de esos pequeños y pequeñas Dios les hacía esta advertencia.

Este texto, ahora anotado en un pedazo de papel, me hizo sentir tranquilo. Aquella niñez que sufría y que había dejado de ser prioridad para muchos, seguía siendo prioridad para Dios.

Me volvió el apetito y escuché una vez más a mi nieta jugando. Sí, ella era parte de mi lista, ella estaba sufriendo la separación de sus padres y todo en su vida repentinamente había cambiado. Al recordar que estaba en medio de una situación dolorosa, deseé preguntarle:

—¿Cómo te sientes? ¿Qué piensas de tu nueva situación en casa? ¿Estamos siendo injustos los adultos de la familia contigo? Querida, no queremos hacerte tropezar. Dinos, ¿cómo podemos ayudarte?

Pero supe que ella no necesitaba de un interrogatorio en estos momentos. No podía actuar de manera mecánica como con mis hijos. No podía actuar desde mi adultez ignorando sus necesidades y formas de expresarlas. Así que, con un nuevo aire esperanzador, la llamé:

—Sofía querida, vamos, te invito a un helado. Sabes que te amo mucho.

De esta manera nos alejamos de los sucesos y me trasladé a su mundo lleno de juego, de imaginación y de risas.

UN TAL JESÚS EN LAS CALLES DE NIQUITAO

Hugo Oquendo

Mateo 29:19-20

NIQUITAO ES UN BARRIO de la ciudad de Medellín, muy conocido por las historias que las grietas de sus paredes esconden. Según Carlos Alberto Giraldo, debido a su cercanía con la Plaza de Cisneros y el viejo Guayaquil, el barrio Niquitao sirvió de refugio y lugar de paso, durante los años sesenta y setenta, a los viajeros, pequeños comerciantes de hortalizas de la plaza El Pedrero y también a los trabajadores más humildes. Igual a decenas de desarraigados que llegaban a la ciudad "en busca de mejor futuro". No obstante, desde la década de los ochenta hasta hoy día, quizá por causa de la explosión urbana y al crecimiento de su población marginal, la miseria y el olor a mierda se confunden con el amarillo de los lirios.

Pasar por la calle que colinda con la avenida San Juan, que popularmente es conocida como la oreja de San Juan, es adentrarse en las tripas de la podredumbre en la que el ser humano es aprisionado. Allí el olor a bazuco no se diferencia de los dogmas rancios que todavía persisten en los sistemas teológicos. Esta mezcla me hace pensar en la frase que Jesús lanzó a los fariseos cuando los llamó sepulcros blanqueados. Además, me causa una sensación de esperanza relacionarlos con las catedrales. Pues éstas son sepulcros que han sido reivindicados porque muchos habitantes de calle, perros y hasta palomas las han empleado como sus letrinas. La mierda en los recovecos de las catedrales y en la oreja de San Juan huele a humanidad, huele a Dios cagándose en los dogmas.

Cuando camino por las calles de Niquitao se me viene a la mente el recuerdo vago de un personaje, que estuvo presente en cierta época de mi infancia, a quien en el barrio se le llamaba Jesusito. No Jesusito el del corazón traspasado por una daga y coronado con espinas, sino a un anciano que se ganaba la vida sacando agua de los aljibes y cargando leña para las casas. Porque en ese tiempo en nuestro barrio, apenas unos pocos tenían energía eléctrica que lograban contrabandear. Tampoco había acueducto. Recuerdo que corrían los años ochenta, cuando estaba en pleno furor la bonanza bananera en Urabá, y los rumores del paramilitarismo cada vez cobraban más fuerza en la región. De Jesusito tengo dos imágenes muy presentes, como si se tratara de dos escenas que hacen parte del viacrucis.

La primera ocurrió en una época de diciembre. Él, borracho, sacó literalmente de debajo de su colchón fajos de billetes de cien pesos, que ahorró durante todo el año. Todos estaban casi descompuestos por la humedad. Los repartió a los niños. Y la segunda escena es la del truco que hacía con frecuencia cuando estaba borracho o cuando quería captar la atención de los niños. Éste consistía en ponerse sobre la palma un pequeño cristico, que después de una oración secreta, se movía por sí solo. Yo de Jesusito nunca supe si hizo milagros o si realmente se llamó Jesús, pero siempre asocié su nombre a la barba desordenada, a su sonrisa mueca y al montón de crucifijos que cargaba en el cuello como si con su peso estuviera expiando una culpa. En ciertos momentos pensé que él era el Jesús del que nos enseñaban en la catequesis, pues sus cruces y el carisma pobre alimentaban el mito.

De Jesusito se entretejieron muchas leyendas acerca de su lugar de origen y de su último destino. Como quizá lo deseó proponer Juan el zapatero en la versión de su evangelio. Algunas personas decían que Jesusito era un vagabundo que se le había escapado a las calles de Medellín. Otras afirmaban que él era de una vereda y que por fumar demasiado cigarrillo se había vuelto un lunático. Los cigarrillos de Jesusito eran diferentes, yo cuando niño los solía llamar los aplastaditos. Hoy día sé que los cigarrillos amorfos de Jesusito eran de marihuana. Años después que caí en la cuenta, cuando exhalé el humo de la inocencia, no paré de reírme, porque me pinté la escena de Jesús fumando con sus discípulos en la última cena. Todos mofándose del poder y de la soledad de Pilatos. Todos tan felices. Tan hondos. Y él tan vaciado de sí. Distraído del día venidero.

Con respeto al paradero final, esta es la fecha que de Jesusito nada se sabe. Unos dicen que él retornó caminando a Medellín. Otros afirman que fue desaparecido por los paramilitares en la serranía de Abibe. Yo en cambio espero la segunda venida. Porque en los rostros de los habitantes de las calles de Niquitao veo a muchos jesuses o jesusitos. ¿Cuál es la diferencia? En todos están reflejados Jesús y Jesusito, todos tienen la misma barba desgreñada y tienen un carisma que se les escapa por la sonrisa mueca. Quizá en los rostros curtidos es donde la vida se preserva más lozana. Por tanto, pienso que Pilatos nos desapareció a Jesús y el dogma nos devolvió el mito, como si el verbo se hubiera encarnado en el dogma, como si la miseria humana fuese etérea. Por ahora no dudo que el tal Jesús ya pasó por las calles de Niquitao porque todo huele a él. Las paredes caídas tienen impresa su sonrisa y sus apóstoles cada vez están más tostados.

LO ESCANDALOSO DEL AMOR

Marieta Machado Batista

Lucas 7: 36-50

DESPIERTA SOBRESALTADO. Otra vez la misma pesadilla que hace algunos años le atormenta. Respira hondo y se incorpora. Los años no pasan por gusto, se dice a sí mismo, mientras se dirige a la cocina donde los sirvientes preparan la cena. Hoy vendrá un invitado especial y esto no sucede todos los días.

Siente orgullo de pertenecer al Partido de los Fariseos. Gente de mucha soberbia que se cree la comunidad de los elegidos por cumplir escrupulosamente las leyes y costumbres religiosas. Desprecian a los "inmorales", los consideran malditos.

Los fariseos no son solamente de la clase alta. Con sus enseñanzas han ganado adeptos en la zona rural. Algunos son artesanos relativamente modestos y de las clases más sencillas. Entre estos últimos se encuentra Simón. Dueño de un negocio de artesanía, oficio que aprendió de su madre y que por algún tiempo compartió con su hermana.

Mientras en su casa se gestan los preparativos, en las afueras de la cuidad la gente se aglomera para escuchar las enseñanzas de un tal Jesús, que según cuentan algunos, rompe las costumbres de su pueblo. "Venid a mi todos los que estén trabajados y cargados que yo les daré descanso", fueron las últimas palabras del nazareno antes de escabullirse en medio de la multitud. Se apresuraba en llegar donde sus discípulos para tomar un poco de aire y agua fresca.

Ni siquiera notaron su presencia, discutían si debían ir o no, si estaba correcto…

—¿Interrumpo algo? — preguntó Jesús, mientras se lava el rostro.

—Simón, el fariseo, pretende que aceptes su invitación y además que te acompañemos— respondió Pedro acalorado—. Por supuesto que no irás —añadió.

—Pedro, esta gente también necesita de Dios, ya sea que lo acepten o no. No puedes confundir el pecado con el pecador. Acuérdate que lo importante no es lo que la persona sea, sino lo que puede llegar a ser por la gracia de Dios. Además, por qué tenemos que pensar que su invitación no es sincera. Si ustedes no quieren ir no vayan, iré solo.

—Yo voy contigo Maestro —dijo Juan—. Y tú, Santiago, ¿me acompañas?

—Claro, no me lo perdería por nada.

—Conmigo no cuenten— dijo Pedro, y se apartó rumiando sus quejas.

En casa de Simón todo está listo. Unos minutos y el invitado llegará. La élite religiosa ha comenzado a invadir los espacios y se confunden entre las cerámicas y adornos de muy buen gusto. Sobre la mesa el delicioso menú acaricia las fosas nasales de los presentes, que entre carcajadas y vino ignoran que ha llegado el que esperaban.

Uno de los sirvientes le avisa a Simón. Se hace silencio y ya de pie el jefe de los fariseos improvisa una extensa y aburrida oración…

Afuera, en los alrededores, los extraños sondean. De repente una mujer se abre paso y cae de rodillas frente a Jesús. Sin importarle la mirada inquisidora de los presentes rompe el frasco, que durante años ha guardado, con un perfume de nardo puro que su padre le había traído de tierras extrañas.

Buscaba al Maestro desde aquel día en que él no dejó que aquellos hombres abusaran de ella y donde la trató como una persona. Desde aquel día en el que ella conoció a un Dios diferente, a un Dios inclusivo, puro amor, tenía con él un asunto pendiente.

Jesús sintió vergüenza porque tenía los pies llenos de polvo, pero no los retiró.

Ella se soltó el cabello y con ellos secaba sus lágrimas, que no dejaban de caer, sin medir consecuencias. Nada importaba, sólo aquel gesto de amor y entrega que decía más que mil oraciones.

Simón se sintió avergonzado por sí mismo y por sus invitados. La gente decía que Jesús era un profeta, pero no estaba exhibiendo gran discernimiento profético al permitir que una mujer pecadora le ungiera los pies. Debía ser un embustero.

Jesús se da cuenta de lo que está pensando el anfitrión y le dice:

—Simón, tengo algo que contarte. Dos hombres le debían dinero a alguien. Uno de ellos debía quinientas monedas de plata y el otro solo cincuenta. Como ninguno de los dos tenía con que pagar, ese hombre perdonó la deuda a los dos. ¿Cuál de ellos estará más agradecido?

Simón contestó:

—El que debía más.

—Muy bien —dijo Jesús. Dirigiéndose a la mujer y levantando el velo que le cubría la cara, añadió—: ¿Ves a esta mujer? Ella, que según tú y tus amigos es una pecadora, impura, ha hecho conmigo lo que tú no hiciste, ni siquiera de acuerdo a las leyes de hospitalidad. No me saludaste con un beso ni me diste agua para lavarme los pies. Ella, en cambio, no ha dejado de besarme, con sus lágrimas me ha lavado y me ha secado con sus cabellos. Mucho amor me ha demostrado porque muy grande ha sido el perdón…

—¡Ya no sigas para, para por favor! —grita Simón desgajado en llanto. Cae también de rodillas delante de Jesús y al lado de la imprudente dama. Ella era la pesadilla que hace algunos años le atormentaba, el cargo de conciencia que no lo dejaba descansar.

—¡Esta mujer es mi hermana, Maestro! —dijo, apenas sin aliento—. He sido un hipócrita, un ciego, un mal hermano. No la apoyé cuando más me necesitó, cuando la dejaron tirada en medio del camino los que abusaron de su cuerpo. He sido un cobarde, sólo por quedar bien con el poder y las leyes. Perdóname Yasha, perdóname Maestro. Yo también necesito tu perdón y tu amor.

Sobre la mesa ha quedado casi toda la comida. Los invitados, se han ido retirando de la casa, algunos disparando improperios y maldiciones, otros, conmovidos por la escena, guardan silencio.

Simón se incorpora con ayuda de Yasha.

—Los años no pasan por gusto— le dice Jesús, que sonríe emocionado.

—Maestro, esta cena ha sido todo un escándalo —comenta Juan—, pero hicimos bien en venir.

—Por supuesto que sí Juan, un escándalo. Así de escandaloso, como el mío, ha de ser vuestro amor.

MI HERMANA, LA ATREVIDA

Nicolás Panotto

Juan 12:1-11

¡AY, NUESTRO BUEN AMIGO! Otra vez de visita. Qué emoción indescriptible cada vez que nos encontramos con él. ¿Que se disponga a venir hasta nuestra casa, en estos días tan ajetreados por las fiestas? ¡Un privilegio!

¡Qué alegría! Más aún después de lo que pasó ese día. Nunca lo olvidaré. Renací. Semejante proeza. Aún no me lo explico. Él viene hacia nosotros, como uno más, sin aires de rey ni nada que se le parezca (¡a pesar de que muchos así lo pretenden, mientras él huye de tal blasfemia!). Él es nuestro amigo. Así nos lo hace sentir cada vez que se acerca y nos da ese apretado abrazo con brazos firmes de carpintero:

—¡Amigos amados! ¡Qué gusto verlos nuevamente!

Ese pequeño gesto, esas pocas palabras, me hacen sentir como aquel día en que renací.

No pudimos más que hacerle una rica comida. Le fascinan los aromas a condimento mientras se acomoda en la mesa junto a los invitados y toma un vaso de vino, con rostro alegre.

—Me siento como en casa —nos repite una y otra vez.

¡Y qué honor! Yo también estaba allí, a su lado, compartiendo el tablón. Qué especial se siente uno. Lo más fuerte, hasta extraño, es que él se vea tan feliz en una comida, en una mesa con amigos y amigas. Es como si esperara ansiosamente, igual que cuando un niño sale al encuentro de sus secuaces hacia alguna aventura vespertina.

Todo lo que hace, todo su peregrinar, se ve resumido en ese acontecimiento tan especial: el estar con quienes ama, el compartir risas, el llevarnos a pensar sobre grandes verdades a partir de historias que nunca nos hubiésemos imaginado y, como resultado, hacernos sentir la vida de una forma distinta, invitándonos a ser y actuar a contrapelo de lo que el sentido común dicta en nuestros complicados pueblos, llenos de dolor, desprecio y odio por doquier.

Felicidad, alegría, risas, seriedad, discusión, miradas, gestos, abrazos, sabores, fragancias. Todo esto se vive, sentados y sentadas a la mesa, y más aún cuando es con él, nuestro amigo especial.

Como siempre, mi hermana Marta de aquí para allá, corriendo, atendiendo. Es más fuerte que ella. ¡No puede con su genio! Pero cuando la observo hacer todo esto, lo hago con atención y sumo respeto. Tanto amor, tanta dedicación.

Preocupada por lo que cada uno necesita. Lo hace con pasión y entrega, y el único objetivo es hacer sentir a todos como en su casa. La queremos ayudar, pero la porfiada nos echa. Pareciera como que con esa mirada te dice: "Estoy acá, tranquilo. Disfruta". Emana un cariño tal que inspira, que produce alegría, que da solemnidad y complicidad.

Pero esta comida no fue como las anteriores. Y no era para menos. Algo rancio se sentía en el aire. Y no era muy alentador. Rumores de muerte, de asesinato, de conspiración. Qué paradójico, ¿no? ¡Qué injusto! Alguien que hace tanto bien a la gente, más aún a quienes estamos fuera de los privilegios de aquellos que nacieron en "cunas de oro", esos hipócritas jerarcas del "bien común" y de la fe que nos llenan la mente y el corazón con tanta palabra vacía y el cuerpo con tantas cicatrices. Se pasean delante de nosotros con sus lujosos atavíos, y esas joyas colgadas en el cuello y las manos, mientras nosotros, los "pobrecitos", trabajamos de sol a sol intentando ganar la moneda del día.

¡Pero el que muere es el que está a favor del pueblo! Perdón, no el que muere: ¡el que es asesinado! ¿Por qué querrían matar a alguien como él, como nuestro amigo, quien sólo hace el bien a quien lo requiere? ¿Qué mayor muestra que lo que hizo por mí, ese día? Y sí… tienen miedo. Mucha gente le sigue. Mucha gente le ama. ¡Qué injusto! Esto es lo que se huele. Hay un poco de tristeza, y mucha tensión.

¿Será por ello que mi hermana María hizo lo que hizo? Ella estaba preocupada, adolorida por todo lo que se estaba diciendo. Algunas mañanas, antes de ese encuentro, me confesó, entre tímidas lágrimas, que se hacía las mismas preguntas y reclamos:

—¡Qué injusto! ¿Por qué la muerte debía llevarse puesta a la bondad? —me repitió varias veces entre sollozos. ¿Será que nos estábamos resignando? ¿Tanto temor teníamos de perder a nuestro amigo? No podíamos evitarlo. Más allá de que no hablábamos del tema, en el fondo, aún no sé por qué, sabíamos que el final no sería como deseábamos. Pero María no quería resignarse más allá de lo que sentía.

Por ello esa noche nos sorprendió. Tomó un perfume, lo vertió a los pies de nuestro amigo y los secó con sus cabellos. Todos los presentes nos quedamos atónitos. No entendíamos nada. Parecía una locura. ¡Más pensando en lo que costaba ese bálsamo! Obviamente, no todos los que estaban allí reaccionaron bien. ¡Y no era para menos! Me imagino lo que habrán pensado: "¡Qué falta de respeto!" "¿Cómo se atreve a semejante cosa? ¡Acercarse de esa manera y tocarle los pies!" "¡Qué desubicada!" Las miradas eran obvias. Pero como nuestro amigo no dijo nada, entonces todos callaron por temor a quedar fuera de lugar.

Bueno, aunque alguien no podía quedarse callado. ¿Quién más? ¡El amiguito Judas! Ahora lo entiendo todo. Qué tipo más extraño. Y ese día sí que estaba raro. Parecía nervioso, medio asustado. No hablaba mucho, no compartía con nadie. Como que era una obligación para él estar allí. Con rostro recio y cejas constreñidas, observaba para todos lados. Miraba seriamente, con actitud altanera, a quienes estaban alrededor, como intentando parecer algo que no era. Eso es lo que hace la gente cuando quiere justificarse o esconder algo, ¿verdad? Y la acción de María lo desestabilizó. Se le desorbitaron los ojos.

Evidentemente, lo que exclamó fue para ocultar lo que realmente le pasaba por dentro. Por ello, la reacción de María le sirvió de excusa para descargarse un poco. ¡Pero cumplió su cometido! Habló como si no le conociéramos. ¿Que eso se podía utilizar para los pobres? ¡Hipócrita! ¿Justo él? Parece que se olvidó de los rumores que todos sabemos, sobre sus "deslices" con la bolsa del grupo…

Así eran María y Marta. Impredecibles. Pero mirando hacia atrás, no puedo más que reconocer que ese día María nos dio una gran lección. Ella fue lejos, porque sin duda nos llevaba mucha distancia sobre las razones de lo que estaba pasando. Nosotros, los hombres de la casa, nos acurrucábamos en el desconcierto de los murmullos. Lo que dijo Judas seguro era lo que estábamos pensando casi todos allí adentro. Y qué más, ¿verdad? Nosotros, los hombres, siempre tan evidentes, tan racionales, tan objetivos; en fin, ¡tan básicos, que no podíamos entender que María se había dado cuenta de lo que los profetas venían anunciando hace siglos! ¡Y nosotros no podíamos ver con claridad siquiera lo que teníamos delante de nuestras narices!

Además, esos no son comportamientos que se esperan de

una mujer (aunque mis hermanas siempre fueron especiales; inclusive nuestro amigo las trataba de manera especial por ello). Además de que María se arriesga a la imprudencia de tocar la piel de sus pies, se le ocurre arrojar uno de los perfumes más caros que existen. ¿Estaba loca? ¡Nosotros que nos esforzamos tanto día a día para traer el alimento a casa, y a ella se le ocurre semejante cosa! Y como si eso fuera poco, ¡comenzó a secárselos con sus cabellos! ¿Qué le había pasado por la cabeza? No. Los desubicados éramos nosotros que no entendíamos que María se estaba adelantando inclusive más allá de los hechos que nosotros ni siquiera nos atrevíamos a reconocer.

En medio de esos segundos de caos, el aroma de la comida se desplazaba por el salón polvoriento, ahora acompañado con la dulzura del nardo, que impregnaba cada rincón. Era una fragancia que nos transportaba, que hacía olvidarnos de las penas y de los decires, llevándonos a contemplar, en la plenitud de nuestros sentidos, la belleza de todo lo que estábamos viviendo en ese momento, aunque fuera pasajero. Estábamos en un silencio total y una contemplación escurridiza.

Vinieron a mi mente y piel sensaciones de tiempos pasados. Tomé esa comida de otra manera. La calidez del encuentro en la belleza del perfume que lo inunda todo. Por un momento esa sensación representaba la persona misma de nuestro amigo: su belleza, su calidez, la frescura de sus gestos. El aroma persistía, tanto en ese lugar como en nuestros cuerpos, como un sello imborrable en la memoria y en la piel, de la misma manera que la plenitud y la extensión de su persona. Por un momento, la esperanza se apoderó de nosotros. Nuestro amigo se materializó en esa fragancia incontrolable que penetraba nuestros sentidos, haciéndose parte de nosotros, acompañándonos, colmándonos de frescura y sacándonos tímidas sonrisas de placer.

El atrevimiento de María nos había mostrado la verdad.

Nos liberó con su impertinencia. Nos mostró que no habíamos entendido nada, a pesar de tanto compartir con él. Y el rostro de nuestro amigo dio cuenta de ello, con esa mirada entre pena y emoción, y esa tímida sonrisa de aprobación y clamor.

Se hizo un gran silencio por un instante, hasta que nuestro amigo emitió unas extrañas palabras. Nos dejó boquiabiertos y pensativos. ¿A qué se refirió con eso de "su sepultura"? Por unos segundos, no caí en cuenta de las consecuencias de lo que decía. Vino a mi mente lo que yo mismo había vivido, lo que me sucedió aquel día. Ese día, donde mi amigo nos dejó perplejos, a mí y a todos, con lo que hizo. Yo no hubiera podido estar allí, en esa mesa junto a él, si no fuera por lo que sucedió entonces. No sé por qué pensé en eso, pero todo se me vino de golpe a la cabeza. ¿Estaba, tal vez, adelantándome en el tiempo? ¿Fue acaso una reacción frente al temor por todo lo que se estaba diciendo y que, en cierta forma, él estaba augurando?

Yo no quería que muriera. No quería ni pensar en ello. Yo lo quería vivo, ¡vivo por siempre! Eso era lo que deseaba, porque eso fue lo que él mismo me hizo sentir después de lo que sucedió ese día. En fin, esas cosas que uno desea sobre la gente que ama, y que saltan en momentos de sufrimiento, dolor y amenaza.

Miré a María. La observé, sin emitir palabra, y nos devolvimos sonrisas cómplices. Ella lo sabía: le estaba agradeciendo por hacer lo que hizo. Por abrir nuestros ojos y sentidos. Y, de alguna manera, también había impulsado las palabras de nuestro mismísimo amigo. Su atrevimiento dio lugar a la verdad, y nos hizo dar cuenta de nuestro temor, que no era más que egoísmo.

Mientras nos mirábamos medio atónitos, primero por la acción de mi hermana, luego por las brutas palabras de Judas y, para terminar, esa respuesta de nuestro amigo, sin mucha explicación, comenzamos a sentir voces afuera.

¡Parecía como que la gente sabía de lo que estábamos hablando! Se agolparon multitudes en la puerta. "¡Queremos conocerlo!" "¡Queremos ver al que resucita los muertos y cura la gente!", gritaban. Hasta había quienes decían: "¿Está Lázaro con él? ¡Queremos también conocerle!" Yo me había hecho conocido también. Es más, hay quienes están un poco molestos porque nuestro amigo se hizo más reconocido después de lo que pasó ese día.

Sí, una comida, una mesa, pueden transformarse en momentos sublimes, en ocasiones para ver el impacto de las reacciones y la calidez de la vida compartida. Una comida, una mesa, son lugares donde se despierta el misterio de lo que nos sorprende, de lo que no esperábamos, de las verdades más profundas, de las preguntas que nos confrontan con lo que se viene. Una mesa, una comida, lugar donde se vuelcan temores y ansiedades que actúan como motores para nuestros cuerpos. En fin, una mesa, una comida, nos hablan de la vida, de la miseria, de la eternidad, de la maldad, de Dios. La mesa, la comida, imágenes grandiosas de lo que significa la vida misma en su anchura, profundidad y misterio.

Pero nada de eso hubiera sido posible sin el atrevimiento de María. Pensaron que estaba loca, pero era la más cuerda de quienes estábamos ahí. Qué rápido somos para los juicios, para defender nuestra ridícula "cordura", que al final no es más que un lugar de comodidad, como también de arrogancia. Somos ciegos, confundimos demencia con plenitud y esperanza. Es un lugar muy común al que los hombres estamos acostumbrados, por lo que la impertinencia de una mujer no es más que un acto de ofensa para nuestro orgullo. Pero hoy puedo decir que, a pesar de todo el dolor en esa mesa, la valentía de mi hermana fue el lugar donde se dio a conocer, se reveló, la verdad que nadie pudo ver. La impertinencia, lo indecente, el atrevimiento, lo insólito, es donde se encuentra lo más santo y misterioso.

REIMAGINAR AL VARÓN SIN HOMOFOBIA

Ángel Manzo Montesdeoca

Juan 13:1-17

Sɪ ᴇsᴛᴏ sᴇ ᴅɪᴠᴜʟɢᴀʀᴀ, sería catalogado bajo sospecha. Me difamarían por promotor de perversión y seguro sería expulsado de la sinagoga. Signado por ser una mala influencia y profanador de las buenas costumbres.

En mi sociedad, las normas y códigos sociales están perfectamente establecidos; sirven para la regulación y control de la convivencia social. Ser varón transita por zonas de peligro que no se pueden ni deben trasgredir. Pero, a pesar de ello, en todos los tiempos siempre hubo hombres que se enfrentaron a los convencionalismos y lo establecido como normativo.

La imagen de la mujer configura en cierta medida lo que todo varón judío debe y no debe ser. El entorno greco-romano aporta a nuestra tradición modelos y prácticas que resultan alarmantes y hasta escandalosos a la vista de los ancianos del pueblo.

El temor a ser considerado malakoi —afeminado o blandito— perturba a muchos que prefieren afirmarse en la búsqueda del honor y la autoridad que a todo varón se le demanda asumir, como el gobierno de la casa y el dominio sobre las mujeres. Sin embargo, esto tiene un alto precio para los varones de mi comunidad que difícilmente se atreverían a asumir; por eso prefieren ocultar los sentimientos detrás de una coraza de acero inaccesible, se muestran duros, férreos, combativos y pierden la comunicación con otros hombres.

Cuando hay sospechas de *femineidad* en alguno, se ejecutan medidas restrictivas de protección como acusar a otros de no ser plenamente masculinos. De esta manera, se reprime el miedo con ejercicio de autoridad y castigo para aquellos que transgreden el ideario masculino. Es como si una especie de *fobias* se delataran en esa realidad que aterra especialmente a los varones.

Por eso nos dejó sin palabras lo que hizo el Maestro en la última cena. Yo, que estuve tan cerca, recostado sobre su pecho, debo confesar que me resultó difícil comprender su acción. Claro, a otros como Pedro les fue peor, ya que el solo acto era un atentado a lo que todos esperábamos. Pero, ¿cómo comprender este acto beligerante y provocativo del Maestro que resultó tan perturbador para nosotros aquella noche?, ¿cómo descifrar sus enigmas en cuestiones tan sensibles para nosotros?, ¿acaso se trata de otra prueba de fe?

Antes de la fiesta de la pascua, él se había dado cuenta de algunas cosas. Sentía que llegaba su hora. En todo el tiempo que estuvo con nosotros nos amó ¡y vaya que nos amó hasta el extremo! Se percató de que a uno de los nuestros el mal lo acechaba, pero también sabía que su Padre le había dado toda la libertad. Sin embargo, rehusó usarla. Aquí fue cuando sucedió lo inesperado…

Era el momento del simposio, esperábamos la instrucción y el compartir entre varones. Entonces el Maestro se levantó de la mesa, se quitó el manto, tomó una toalla, se la ciñó a la cintura, y comenzó a echar agua en una palangana. Luego se inclinó para lavar nuestros pies y secarlos, uno por uno.

Nos quedamos boquiabiertos..., la escena fue muy desagradable. Se trataba de una práctica que realizaban los esclavos no judíos y las mujeres. Mujeres en nuestra historia como Abigail, que lavó los pies de varones[1], o como aquella que hace unos días lo ungió secando sus pies con sus cabellos en casa del alto dignatario[2]. Hasta un mal pensamiento surgió en algunos:

—¿Será que al Maestro le impactó lo que hizo María en Betania, que ahora sigue su mal ejemplo?

Como fuere, se trataba de una práctica que no tenía nada de honorable y que la ejercían mujeres y esclavos. Uno de nosotros, el zelote, dijo indignado como atragantándose con las palabras:

—¡Qué varón es éste, que se iguala con los menos de la sociedad!

Pero cuando el Maestro se acercó a lavar los pies de Simón Pedro, éste se enfureció:

—¿Tú me vas a lavar los pies? ¡No, no, no, jamás! ¡Ésas no son cosas que se hacen entre varones! Los varones no se tocan entre ellos —dijo. Inmediatamente el Maestro lo interrumpió de forma amable y tierna:

—Simón, lo que yo hago ahora no lo entiendes, pero lo entenderás después —A eso, Simón reaccionó con violencia:

—Jamás me lavarás los pies.

Fue necesario para el Maestro ser más claro:

—Si no te lavo, no tendrás parte conmigo.

---

1 Sam 25,41

2 Lc.7, 38

La luz de los candeleros se hacía más tenue con las corrientes de viento que ingresaban a la sala. Nuestras sombras se agrandaban con el mover de la llama que bailaba con el viento sin un ritmo establecido, sólo dejándose llevar.

Observé el rostro de Pedro, sus ojos brillaban con una tristeza que evidencia a quien se resiste a costa de su voluntad, porque se iba desvelando el alto costo del seguimiento que nos proponía el Maestro. Decepcionado dijo:

—Entonces, si así son las cosas, lávame no solo los pies, sino todo el cuerpo, las manos y la cabeza.

Con la paciencia que sólo el Maestro nos tenía porque nos amaba, volvió a decirle a Pedro:

—El que se ha bañado no necesita más que lavarse los pies, porque está completamente limpio.

Luego se dirigió a todos:

—Y ustedes están limpios, aunque no todos —esto último lo dijo porque sabía quién lo iba a entregar.

Terminó de lavar y secar nuestros los pies. Se puso el manto, volvió a la mesa con aires de no haber perdido nada.

—¿Comprenden lo que acabo de hacer? —dijo. Todos nos miramos mutuamente, como para ver si al fin habíamos aprendido la lección y tendríamos alguna respuesta…, pero nuevamente, nadie la tuvo.

Él no quitaba sus ojos de nosotros (parecía poseído de nosotros) y nosotros nos reflejábamos en sus ojos con el espejo de luz que propiciaba la danzante llama. Observando más allá de lo corpóreo, comentó:

—Ustedes me llaman maestro y señor, y dicen bien porque lo soy; mas si yo, que soy maestro y señor, les he lavado los pies, también ustedes deben lavarse los pies unos a otros. Les aseguro que el sirviente no es más que su señor ni el enviado más que el que lo envía. Si saben estas cosas y las hacen, serán dichosos.

La enseñanza abrió los corazones y nos hizo pensar varias cosas. Un varón como el maestro Jesús no se intimidaba por lo que pudieran pensar de él otros varones. No le preocupaba transgredir los mandatos que le prohibían asumir prácticas destinadas al uso de mujeres o de esclavos. Un varón que tocaba con sus manos a otros varones para confortarlos y que además lava y seca sus polvorientos pies podría malinterpretarse. Quizás, si algún varón se atreviese a lavar los pies de otro, serían los discípulos a su maestro, pero jamás lo contrario.

Al Maestro no le aterraba la intimidad entre hombres. Ingresó a ese espacio prohibido y minado para acercarse a ellos: escuchar sus corazones, atender sus miedos, consolar sus temores. No se sentía más ni menos hombre por dejarme recostar sobre su regazo, a riesgo de los desprestigios que este acto pudiera generarle.

Ese día nos reconocimos, y caímos en cuenta que el proceder de Simón Pedro hubiera sido la reacción de cualquiera de nosotros que lo seguíamos con su misma expectativa, la de reinar y ser parte de la tan ansiada liberación del pueblo. Nos embarcaríamos en la travesía de la victoria, especialmente después de haber presenciado sus portentos milagrosos.

Simón Pedro se resistía no sólo a que el Maestro tocara sus fatigados pies, sino al símbolo de la servidumbre, a la debilidad y al fracaso que ese acto implicaba. Le asustaba el estigma que ya se escuchaba de aquellos que le seguían "son una tracalada de despreciables pecadores, malditos publicanos y putas".

Pedro no quería renunciar al honor que un varón y maestro merece. Estaba dispuesto a lavarle los pies al Maestro, pero no a que el Maestro lo hiciera con él. Eso no cuadraba con la imagen del Mesías, del varón de guerra que liberaría a Israel; tampoco encajaba la idea de ser felices y dichosos si hacíamos lo que él hizo:

—Un varón esclavo de otros varones, en eso no hay honor, sino sospecha —murmuró al final el discípulo amado.

¿DÓNDE LO HAS PUESTO?

Daylíns Rufín Pardo

Juan 20

Eᴄsᴛá ᴏsᴄᴜʀᴏ. ᴍᴜʏ ᴏsᴄᴜʀᴏ. Hace ya un par de horas la sola lucecita de la lámpara se esfumó lentamente dentro de la vasija, como si fuese un diminuto sol. La madrugada avanza paso a paso, con un compás de anciana somnolienta que no va a ningún lugar. Se ha vuelto cada vez más densa y fría y así, casi en igual desproporción, su sueño se ha ido tornando más volátil y afiebrado.

El olor a vinagre mezclado con sangre, saliva y lodo ha quedado pegado a su vestido y pende ahora de las paredes de la casa tan pesado y tan crudo como él. Los olores — sabemos— son hebras invisibles del tejido de la vida. Los momentos y recuerdos de cada quien quedan grabados y se cosen sobre el tapiz bordado de los días. Los aromas son a un tiempo memoria y palabra, nos acompañan y habitan, nos alertan y animan, nos impelen.

Por la senda de olores de vida que ahora pesan sobre esta noche que fenece, tendrá que trazar ella un camino al lugar de la muerte, dentro de poco, cuando termine el sueño, para volver a la vida.

La noche aguarda. Su cuerpo espera. El de él no puede verse. "¡Está prohibido!", han dicho. ¡No se puede!

El de ella allí, arropado en el rincón dormido, tampoco ahora se ve, mas se percibe. Hay un latir, un respirar intenso que agita el velo negro espeso y lúgubre que cierra la quietud dentro del cuarto. Hay semilla de vida allí, en lo oscuro. Y no se puede ver, pero se siente.

—¡Quietos!, ¿no miran? ¡Está allí mismo…! ¿Vieron?

Al final no hay tiniebla posible que oculte totalmente a un corazón despierto. Y el de ella ¡bien lo ha estado desde aquel día en que se conocieron!

Era una mañana de mar en calma. Y la marea de su vida cambió su ritmo para siempre cuando él sostuvo su mirada a plena luz, sin miedo a nadie entre el cielo y la tierra, quebrando uno por uno los siete endemoniados barrotes que le apresaban el corazón como un polluelo agonizante. Él lo ungió de ternura de palabras, lo hizo fuerte y lo puso al medio —de su pecho, de la vida del grupo, del universo— con perdón y con besos, para que no muriera de vergüenzas impuestas, de dolores pasados, y levantara las alas como águila. Así le recordaba Juan hace muy poco, pues desde entonces la imagen del águila se había vuelto para él la preferida.

—Era todo lo que él quería, que el Amor nos hiciera más fuertes… —sollozó Juan a secas.

—Y que las muchas aguas no pudieran apagar nuestro Amor —añadió ella, aferrando su mano a la del amado amigo, como quien estaba por hundirse.

Entonces su memoria voló hasta aquel tiempo de fiesta juntos. Ésa que nunca se atrevió a soñar a solas siquiera, donde el vino otra vez fue de milagro, como en Caná. Los rostros que pasaban por delante de su rostro hicieron pétreo el de ella unos segundos que parecían siglos. Hasta ese momento no pudo pensar nadie que el kairós, ese salir del tiempo y detenerlo, fuera algo que ocurriera también con el dolor.

Juan, como adivinando, la devolvió al amargo momento, con las palabras más dulces que pudo:

—Él fue feliz especialmente aquellos días. El Amor es la puerta… y la sal… y el camino… —deletreaba, para no llorar.

—Y ése es el llamado —le interrumpió ella, con la mirada aún en otra parte—, despojarnos de la túnica e ir repartiéndolo en todas partes de dos en dos… Eso nos queda, Juan.

Ambos lloraron.

—¡Aaaahhhh!

El grito rasga el velo de lo quieto y hace que se incorpore de prisa. El grito ahogado la devuelve a esta realidad que también la asfixia. Las manos se aferran a la cama como si el mundo estuviese girando en vértigo. ¿Acaso no lo está? Todo cambió hace ya dos días. Todo giró y mudó violentamente de su sitio: ¿qué va a pasar con todos?, ¿qué pasará dentro de un rato? ¡Dios!

El sonido chirriante de los goznes de la puerta la saca de los pensamientos. Juan ha llegado y ahora hace parte real de las sombras de la casa. Avanza a tientas hasta la mesa que bien conoce, tantea con los dedos…

—No tiene aceite, Juan. Sólo dio para un rato… —anticipó ella, segura de que buscaba la lámpara.

—Shalom, María. ¿Lograste descansar?

—Sí, estoy bien… —dice ella con tono que convence, pero la forma en que se incorpora allí en lo oscuro la delata.

—¿Y tú? —le pregunta. Se hace un silencio largo entre los dos. El dolor siempre es corto de palabras.

Juan toma aire antes de responder, como si fuera a faltarle la voz:

—Un poco. Después de separarnos ayer he ido a casa de su madre. Demoré mucho en regresar y más en dormirme…

—¿Hablaron de…? —intentó preguntar María, pero Juan, como quien leyera sus pensamientos, la interrumpió.

—Hablamos… Ella dice que no nos preocupemos por nada. Que todo estará bien. Que Yahveh —se detuvo, engullendo una ola de llanto que casi lo hunde—, que Yahveh no abandona sus promesas y cambiará nuestro lamento en danza… Que hoy cuando acabe todo ya te podrá contar.

María escuchaba con cansancio y reverencia. Duele doble el dolor dentro del pecho: por él, y por su madre. ¡Tan fuerte, tan centrada a pesar de todo! No duele tanto el grupo, ¡las crisis dejan ver lados de la naturaleza de la gente que nunca imaginamos! Pero duele de más por los amigos, como Juan, que ahora retoma la palabra y le revela:

—Me pidió que te diera esto…

Y le extiende un atajo de lino. Adentro, ¿qué tendrá? María lo toma en las manos intentando ocultar la impaciencia, pero otra vez no tiene éxito.

Sus dedos, entre tensos y temblorosos, toman con cuidado el bulto midiendo a una su forma, peso, texturas…. El corazón le late aprisa, queriendo y no queriendo adivinar.

—¿Es?, ¿es?

Su corazón echa a correr. Una chispa, como bengala ínfima, irrumpe y por segundos se hace la luz de su pecho al espacio, allí dentro del cuarto, como una nueva estrella de Belén. El rostro de María y toda ella han recibido una descarga eléctrica de amor divino al sostenerlo. Dentro de ella resuena otra vez el místico shofar, el coro de los ángeles, el canto de una oración que le engrandece el alma. Y le duele el redoble del pecho como una reverencia a ese dolor.

—Son... los pedazos...

Y ahora se quiebra ella, doblada sobre sí, acunando el bultico sobre el pecho herido, sin temor a herirse.

Juan toma aire para no caer, y con esa fuerza de la dulzura que lo caracteriza le explica:

—Sí, María... aunque tú no quisiste lo guardó siempre... ¡Era su hijo a fin de cuentas! Y al final, ya lo sabes, en eso de mamá le ha costado no ser tradicional... ¿Te acuerdas cuando fue a buscarlo aquella vez?

Ambos ríen ahora, pero ríen entre lágrimas...María llora mucho, como si fuera a volverse río. Juan se agacha a su lado..., arregla a tientas los cabellos revueltos de su frente también gacha..., y le cuenta bajito, como quien revelase un cuento hermoso...

—Dice que nunca supo qué función iba a tener atesorarlos, más allá del recuerdo de aquel día, pero que ahora lo sabe, quiere que los guardes contigo, aquí en la casa. Y que cuando los mires, no te olvides que hay cosas que se quiebran como preámbulo a lo bello, como señal de que algo nuevo nacerá, como comienzo de una nueva etapa. Que hay pedazos que son memorias vivas de una historia de muy grande de amor....

El gallo canta anunciando que casi ya es de día. Canta una, dos, tres veces y María decide que es verdad lo que ha dicho la madre. Y, quizás porque tanto le ha sido ya quitado y vetado en estos dos últimos días, se limpia el llanto, asiente, se levanta y dice para Juan, para ella misma:

—Sí, ¡sí es cierto! —canta el gallo otra vez. No se atreve a negarlo—: Es hora Juan...habrá que despertar antes del alba, ¡ya salgamos!

Hace un poco de frío, huele a hierbas. Todavía hay luz de luna sobre la espalda de las piedras del camino. Los dos avanzan a prisa cortejados por el himno solemne de los grillos. Ella, más ágil. Él, tras ella, que ahora se detiene de pronto, se vuelve y dice:

—Hasta aquí, Juan —y le toma las manos en señal de despedida, sin darle tiempo para decir algo.

Juan la ve perderse en la sombra de los olivos. Detrás está la gruta, eso le ha dicho el centurión. Su amigo sirve a veces como colector de aceite en esa zona y sabe bien dónde le han puesto.

María atraviesa el olivar casi sin notarlo. Su mente ha volado más a prisa a la gruta que sus piernas, y forcejea de antemano con la piedra que tendrá que remover. El cambio de la sombra tupida y la humedad a un espacio más claro del jardín hace que se detenga unos segundos. Le es necesario preparar la vista y el alma:

—¿Está abierta? —se pregunta… Los casi veinte pasos que separan el borde del olivar del jardincillo donde está la cueva la dejan distinguir muy bien una abertura por donde fácilmente cabría una persona de complexión normal.

—¡La piedra ha sido removida ¡Ay, mi Dios! —grita en su pensamiento y avanza ciega a todo, sin pensar nada más. Allí da con la laja vertical donde seguramente está su cuerpo…

Siente vértigo de tanta ansiedad. Le falta el aire, pero el olor acre de su vestido que aún tiene sus olores, multiplicado ahora, la hace volver en sí.

No se aquieta, María, pero aploma su paso, aspira hondo, y pese a que en lo oscuro ha bordeado la roca ¡sus manos no lo hallan!

—¡No está! ¡No está! No hay cuerpo alguno…

El olor ha arreciado como si las paredes de la cueva estuvieran sudando sal y sangre.

María se precipita de vuelta al jardín, se deja caer de bruces, y el rocío del día que recién comienza la refresca. La hierba y sus florecillas limpian su olfato de ese olor nauseabundo que persiste en ganarle a otros de más grata memoria. Uno, dos, tres, cuatro veces toma el aire bien fuerte, se repone…

Y ya de pie lo ve… Allí hay un hombre. Como en montaña rusa sus fuerzas se desprenden cuesta abajo otra vez, más la salva pensar: "Si fuera peligroso, ya me habría hecho daño". Recuerda súbito lo que dijeron el centurión y su amigo: la gente que trabaja en el olivar gusta del carpintero y sus ideas. Ellos le quieren…

—Y yo también —gime silente—, más que a nada en la vida…

Llora, María. Llora por el Amor que no se dijo, que no se supo, que se pierde en mostrar… Llora por el Amor a manos vacías, marcada desde siempre por esa carencia tan tremenda de quererlo palpar.

El hombre se aproxima con el sol naciéndole sobre los hombros, ella se yergue de neblina, ante su luz.

—Por favor —clama en llanto—. Por favor, jardinero. ¿Dime dónde se lo llevaron? Por favor, yo necesito…yo necesito verlo.

—María…—ella escucha.

—Sólo él me ha llamado de esa forma, sólo en su lengua ha sido dicho de tal forma mi nombre…

—¿Raboni…? —repite ella en igual tono, idéntica dulzura, igual intimidad. Esa voz es la suya y ¡es la voz de la Vida!

Ya no hay tinieblas. Todo está claro ahora…

Un nuevo día del mundo acaba de empezar.

LO HUMANO Y LA TERNURA DE DIOS

Hernán Dalbes

Juan 21

UNA Y OTRA VEZ, vez tras vez, me encuentro tropezando con la pregunta a Pedro. Por cada una de las marcadas negaciones aparece la pregunta. Pero ¿qué es esto?, ¿por qué se trata de mí? Voy aprendiendo a darme cuenta de que no estoy en el lugar que quiero, sino que en el lugar que me puso, en el que eligió. Me pregunta, me lleva, como en el tango de Castillo Y Troilo, "hacia el hondo bajo fondo donde el barro se subleva". Es entonces cuando sólo resta mi respuesta.

Como *piedras*, tanto Pedro como yo —y probablemente vos—, a veces negamos haber andado tras los pasos de un tipo que rompía el molde. La idea es atractiva, su proyecto mesiánico es irreverente y cautivador. Él nos ha buscado, y nos ha encontrado. Nos ha dado un lugar entre los suyos, contagió en nosotros la esperanza. Pero nos acomodamos tanto a la idea que nos volvimos piedras. Piedras que niegan. Niegan cuando responden "¿y qué tengo yo que ver con esto?", ante la sospecha de que puedan quitarnos la comodidad que se aloja en lo inmóvil de nuestra condición de piedra.

Sin embargo, desde la fuente misma de la ternura, su pregunta vuelve a romper la lógica. Sacude nuestra posición de piedra. Bien podría levantarnos en peso por nuestra inútil comodidad, pero se acerca cauteloso y pregunta:

—¿Tú me amas?

Sin pausa, sin duda, como sentados en un sofá bien mullido, respondemos la obviedad:

—Tú sabes que te quiero.

Tardé más de medio año en acostumbrarme a seguir al menos las Laudes, las Vísperas y las Completas de la Liturgia de las Horas. Estaba a un mes de entrar en el Seminario Menor, y con 16 años tenía pleno conocimiento sobre cómo funcionaban las cosas allí. Entonces podía obviar las Sextas y las Nonas, porque ni el Padre Provincial ni el Rector estaban allí para seguirlas con los seminaristas.

Las tres supervisadas ya las tenía y estaba cómodo con eso.

De un miércoles a un jueves llovió torrencialmente toda la noche. Continuaba el aguacero durante la mañana cuando mis Laudes se vieron interrumpidas por el teléfono. Era Antonia —una vecina del barrio donde dábamos apoyo escolar, almuerzo y merienda, catequesis, bautismo, comunión, confirmación, casamiento y responso a los difuntos, todo por el mismo precio— para avisarme que las casillas de madera y los vagones abandonados devenidos en casas, estaban un metro y medio bajo el agua. Era jueves, y tenía que ir a clases, pero decidí faltar para llegar lo antes posible a la villa.

Imposible llegar con colectivo, tuve que tomar el tren que frenaba un poco al llegar al acceso del barrio y te podías bajar de un salto. Mientras el tren iba frenando, entre que calculaba mi salto, podía ver a la gente en los techos de las casillas, tapados con nylon bajo el diluvio, por no abandonar su rancho. Salté en donde el terreno es alto y no me iba a mojar tanto. Al final me empapé. Llegué a la capilla/escuela donde apenas había entrado agua. Ahí estaba Antonia recibiendo a los evacuados con una olla de mate cocido y ropa seca. Me cuentan que ella, haciendo palanca con el mango del cucharón, rompió el candado de la ropería, y que ante la queja de otras mujeres dijo:

—Que el Señor me perdone, pero esta gente se me va a morir de neumonía si no le damos ropa seca.

En el barrio pocos me conocían por mi nombre. Como sabían que estaba por entrar al seminario, burlona y amorosamente me llamaban *Padrecito*. Antonia me da una taza de mate cocido, una remera y una toalla, y me mira fijo como diciendo "prepárate para lo que te voy a decir":

—Padrecito hay cuatro nenes que no aparecen —Se me desplomó todo aquello que estaba funcionando bien—. Don Amancio está usando un bote para traer a la gente del fondo.

En ese justo momento, entró ese correntino de unos 60 años —tan rústico y derecho como un roble que nace y crece silvestre— con seis de los siete hermanitos Andrada. Se sorprende de verme y se acerca con respeto:

—Don Hernán, a la gurisita no la pueden encontrar —la que faltaba de los Andrada era Magui, la beba de 1 año—. Ahí andan los padres desesperados, y para mí ya no hay esperanzas, pero hay que seguir buscando.

Me calcé unas botas de lluvia que me prestaron, y salí con Amancio a recorrer el sitio, trayendo gente, llevando sopa y nylon para que la gente que se negaba a dejar su rancho no se mojara (como si eso fuera posible). Poco a poco aparecieron los chicos de los que no se sabía nada, por lo general en algún techo de chapa ajeno al que lograron trepar. Pero Magui no aparecía.

Para el mediodía había dejado de llover, aunque el metro

de agua —que convertía a todo el barrio en un espejo con casillas como manchas— no bajaba.

Casi como un milagro, también se asomaban estelas de un sol que iba a abrirse prontamente entre las pocas nubes que se disipaban. Me acomodaba a la idea de que todo había vuelto a cobrar sentido, la cosa estaba funcionando, nuestra obra "integral" de alimento–educación–fe–contención se mantenía en pie. Estaba bien con la idea de que, a pesar de la dificultad, había podido estar ahí, como un buen futuro "Padrecito". Como si se tratara de mí.

Entonces Jesús —conociendo todas y cada una de mis debilidades— ante lo que ocurriría puso un abrazo en forma de pregunta. Algo me tocó una y otra vez las piernas sumergidas bajo el marrón del agua estancada. Era el tieso cuerpo de Magui Andrada. Todo lo que continuaría sería aún peor, aún más duro, no iba a poder conformarme en mi condición de piedra, y casi como una plegaria al cielo atiné a pensar en medio del escándalo y los llantos:

—Tú sabes que te quiero.

—Apacienta a mis corderos.

Hace ya un tiempo, en plena conformación de la comunidad de la que soy pastor, llegó un muchacho. Saúl venía con las peores credenciales. La persona que lo había invitado a formar parte de la comunidad ya nos había dado una larga lista de características negativas. Al ir haciendo una comunidad de gente rechazada por las iglesias, me irritaba bastante que viniera alguien "fundamentalista" a formar parte porque le resultaba atractivo. Me preguntaba por qué lo habría invitado, con todas esas cosas que ella ya sabía sobre él. La idea me tenía fastidiado. Fue suficiente que llegara y que abriera su boca, con un lenguaje completamente impregnado de inerrancia bíblica y satisfacción penal, para que mi fastidio tuviera sentido casi al punto de la ira. Sin embargo, pude transitarlo bastante bien, controlarlo, y llevar adelante una reunión de unas veinte personas bastante amena. Incluso Saúl ofreció su casa para una futura reunión, y las miradas de mis compañeros y compañeras fueron devastadoras y claramente opuestas, entonces le respondí:

—Dale, podría ser…

Mentira, eso nunca ocurriría.

Mi teléfono empezó a recibir mensajes de Saúl en los que me enviaba links de videos del fascista Agustín Laje, del neonazi patriotero Márquez, del machista MacArthur, y una cantidad importante de basura respecto a la "sana doctrina" en clave de "intolerancia evangélica". En un momento me cansé, y de la peor manera le respondí:

—No me mandes estas cosas, te juro que no tengo tiempo para perder escuchando a estos idiotas, te juro que no.

Me sentí mal por lo fuerte de la respuesta que le di, pero honestamente me sentí muy bien al mismo tiempo. Podía volver a estar cómodo en mi posición de piedra, este pibe no iba a estar apoyando su biblia infaliblemente/inerrante/manual sobre mí, y molestándome.

Deconstruir la idea de que en Dios habita un ser aireado y lleno de ira en completa armonía con un padre amoroso, así como la idea de un Dios enojado que manda a morir a su hijo para poder acercarse a nosotros y levantar la barrera del pecado; nos fue llevando muchas reuniones y conversaciones en la comunidad. Saúl participaba, abría la boca y recibía ataques. ¡Encima, no dejaba de participar con su lenguaje de "Campaña Luis Palau"! Su novia, su yugo desigual, también estaba participando. Ella habló con mi esposa sobre lo mal que estaban como pareja, la sexualidad reprimida, las mañas de Saúl, la inmadurez, el fundamentalismo. Mariela no tuvo mejor idea que ofrecerle una consejería de la que ambos formaríamos parte. De verdad no tenía ningún problema en ser parte de una consejería con ella, pero me inquietaba que viniera este pibe a patearme mi condición de piedra.

Comenzamos la consejería con una oración, e internamente oraba para que la sesión terminara pronto. No quería pasar mucho tiempo con él, me molestaba su cosmovisión de microbio sobre el mundo. Ella comenzó a exponer los problemas que tenían como pareja, habló mucho, muchísimo, y Saúl escuchaba. Yo lo observaba y preparaba mi colección de "argumentos" sobre seguir "de verdad a Jesús" para cuando intentara justificarse. Ya estaba listo, yo piedra, para disparar mi artillería, como si se tratara de mí. Y otra vez ocurrió que Jesús decidió preguntarme si lo amaba. Saúl admitió casi todos esos reclamos, dijo que le costaba mucho cambiar. Y habló de cómo le costaba dejar una "iglesia a la que estaba acostumbrado", y de cómo le costaba abandonar la idea de la "satisfacción penal" aunque empezaba a darse cuenta de que le hacía ruido. Dijo que se sentía amado en la comunidad.

Introspección urgente:

—Tú sabes que te amo.

Mientras, escondía mi bunker de guerra que tenía listo para disparar contra Saúl.

Hoy hace parte de esta comunidad de imperfectos empecinados, a veces piedras, que nos reunimos en torno a una mesa con un vino y con un pan; buscando hablar de un Jesús como modelo de ser humano no alienado, y un Dios de amor sin condición.

—Cuida de mis ovejas.

Durante las vacaciones de verano, en casa, tenemos la rutina cada sábado de hacer pizzas y tomar cervezas a la noche. Siempre hay al menos un invitado. Este verano estaba Nico, de la comunidad de la que hacemos parte. Llegó a casa con varias cervezas, con intenciones de comprar más, y pidiéndome que invitara a mi hijo más grande (ambos tienen 22 años). A Nico lo conocimos desbastado por una imagen de Dios que no podía hacer parte de su vida. Nada de lo que hiciera agradaría a ese dios que le metieron en cada iglesia de la que quiso formar parte. Incluso así, andaba "creyendo" que prefería esa desventaja con dios, a perderse de ciertas cosas. Cuando se reencontró con Dios amándolo en su condición más plena, así y como era, empezó a vivir la libertad que concede ese abrazo del Padre.

A las claras algo no andaba bien ese día para Nico. Llegó mi hijo Agustín con su novia, y nos sentamos a la mesa todos a comer, beber y tener conversaciones relevantes, otras disparatadas, a veces muertos de risa, y por momentos serios. Un clásico sábado de pizzas. Pero el alcohol tiene ese ingrediente evasivo, que te permite no mirar los problemas a la cara. Con él te vas fugando de vaso en vaso para por fin darte cuenta de que sólo estás rondando el problema, que no se fue, que sigue ahí. Claro, es demasiado tarde, tenés un pedo para 25 que te va a hacer perder la memoria para la mañana siguiente. Aunque en el mientras tanto, como en *La última curda* "es todo, todo tan fugaz, que es una curda, ¡nada más!, mi confesión".

Nico no podía mantenerse en pie sin tambalearse de un lado al otro. Tomó todo lo que había para tomar, y más de lo que había, desafiando a los otros a seguirle el ritmo. Creo que ninguno de los ahí presentes estábamos dispuestos a terminar borrachos, ni siquiera él, pero la curva de la cerveza le sirvió para desviar lo que lo angustiaba. Se paró como pudo, pasada la medianoche:

—Me voy a dormir —dijo.

Antes de irse, sin embargo, había logrado inquietarme, incomodar mi piedra con sus traspiés y tartamudeo. Pero se iba a dormir, y al otro día todo sería una anécdota de la que no tendría ni recuerdos, o apenas algunos flashes. Entonces volvía a estar cómodo en mi perspectiva de piedra, todo estaba funcionando.

Nos quedamos en el patio hablando un rato más con Agustín y Mariela, entre otras cosas de lo mal que se había puesto Nico, y para afirmar mi tranquilidad les aseguraba que al otro día iba a hablar con él. Pero ese Jesús del que cuento, y que se empeña en nacer, en vivir, y en resucitar en los aspectos menos pensados y más deshonrosos de nuestra humanidad, insistió con la pregunta.

Diez minutos después de irse a dormir, escucho que Nico me llama desde la cocina. Mi piedra inmóvil se inquieta, miro hacia adentro y lo veo completamente desnudo, pidiéndome que vaya. No paraba de decir que se sentía mal, que estaba angustiado, que quería llorar, que necesitaba estar con alguien, entre sollozos. Lo llevé a la habitación, lo acosté, le di la mano, y me quedé con él.

—¿Que si te amo?

Esa pregunta una y otra vez vuelve.

—Si vos lo sabés todo, sabés que te amo.

Me quedé escuchando la angustia contenida de Nico, ésa que no cabía en todo su corazón, y me dormí con él tomando su mano, como hermanos, para que descansara acompañado.

Mi piedra, a la mierda mi piedra.

Siempre este Jesús viene a patearme y a preguntarme si estoy dispuesto a amarlo, poniendo delante de mis ojos oportunidades que me quiten de la comodidad y empiece nuevamente a amarlo en serio, amando al otro, al prójimo, que es como amar a Dios, que es amar a Dios, que es amarlo.

Y aunque un montón de veces lo dije, él vuelve a preguntar, y yo vuelvo a incomodarme. Vuelve cada día a ponerlo frente a mí, por si acaso se me ocurriera olvidarlo:

—Apacienta mis ovejas.

Al final, tal vez, podré estar en paz con la idea de que hasta aquí he sido movilizado por este infinito amor, a pesar de no ser apto para esto. Y cada una de ellas y ellos: Antonia, Amancio, Magui, Saúl, Nico, mi familia, y tantos y tantas, estarán allí: cuando seas viejo, extenderás las manos y otro te vestirá y te llevará adonde no quieras ir. ¿Será nuevamente la ternura de un Jesús que se empeña en quedarse junto a mis piedras y miserias?

NARRASTI: EL DRAGÓN DE SIETE CABEZAS

Juan Esteban Londoño

Apocalipsis 12

VI UNA SEÑAL EN EL DESIERTO que tal vez a muchos haría perder en la locura. A mí casi me atrapa, pero logré salir de allí. No es la primera vez que me ocurre algo similar, soy una cazadora de árboles perdidos y en mi viaje he conocido historias extrañas. Aunque puedo asegurar que ésta fue la fantasía más inquietante de mi peregrinaje.

Mi nombre es Ondine. Fui enviada por los druidas de las Galias a encontrar la cura para nuestros árboles enfermos. Los hechiceros me criaron en las ruinas del templo de Epona y me enseñaron los secretos para cultivar los jardines de la memoria. Nuestro bosque ya no recordaba y, en lugar de hojas y frutos, crecían cuchillos oxidados. Las flores ya no hablaron más y los animales se lanzaron para ahogarse en el mar de Lug. La bruja mayor de nuestra orden, Navia, me encargó seguir las huellas del dragón múltiple en los territorios del Oriente. Debía llenar un odre con su sangre y otro con el agua que sale de una de sus siete cabezas.

Escuché las tradiciones de los ancianos de mi pueblo, leí antiguos manuscritos y pregunté a las bestias de la montaña.

Supe que los primeros dragones habitaron palacios en Oriente, de donde vienen todos los fuegos: el sol, la fe y los imperios.

Eran dragones muy diversos. Unos tenían la vocación del viaje subterráneo, deslizándose en forma de serpiente por los túneles; otros se desenvolvían en el espacio aéreo, bajo figuras de aves y cometas; algunos fueron terrestres, con características felinas y pieles de metal; y otros acuáticos, de una contextura tan líquida que podían diluirse y volver a unir sus partes. Los antiguos dragones traían la lluvia y la fertilidad, y eran los intermediarios entre los hombres y los dioses cuando se desataba algún conflicto.

Hace muchos siglos los dragones tenían una alianza con los hombres. Estos les traían alimentos al altar, y aquellos los protegían de sus enemigos. Pero después de que murió el último de los vigilantes del pacto, los dragones fueron traicionados por la raza humana, encerrados en castillos y asesinados con flechas disparadas desde claraboyas. Solo dos de ellos pudieron escapar y se escondieron por muchos años entre las rocas de Persia: Rohon y Shilakan, quienes empollaron a sus huevos para poblar las soledades.

Emprendí la misión, partiendo desde el lago de Torubio. Me cubrí con un manto negro que me protegiera de las miradas, colgué un carcaj con flechas en mi espalda para alimentarme con los productos de mi cacería, y cargué dos alforjas con pócimas para sanación y con los venenos más letales. Atravesé las montañas frías y nevadas de Helvetia, me interné en los bosques densos y enmarañados de Ardeal, evité hablar con mucha gente hasta llegar al Ponto. Allí tomé un barco para cruzar el Mar Negro. No quería pasar cerca de las multitudes de Asia Menor y me desplacé por el norte, bordeando la costa, hasta alcanzar las fronteras de Persia.

Peregriné por los desiertos en busca del dragón. Indagué entre las cobras y las ratas, entre los beduinos y los mercaderes, y una niña leprosa me dijo que el hijo de la tempestad habitaba al sur de las Rocas funerarias, en la Montaña del silencio.

Mi piel estaba curtida cuando llegué a aquella cumbre. Bebí agua que parecía provenir de un nacimiento. Me quité el manto y las túnicas. Me bañé para quitarme el olor a tiempo y a cansancio, y perfumé mi cuerpo con una esencia de magnolias que llevaba en mis alforjas. De repente levanté la cabeza y vi una sombra. La fuente donde me bañé me llevaba corriente arriba hasta el animal. Se rascaba la espalda contra la estribación de una montaña de piedra y sus ojos me miraron lujuriosos. La desnudez despertó en él una mezcla de interés y deseo, sin atreverse a tocarme con violencia. Intenté hablarle en la lengua de los dragones, que había aprendido en los viejos manuscritos, pero su respuesta a mí acento extranjero fue burlona y me dijo que mejor habláramos en la lengua común.

Estaba meditabundo y sediento de placeres, prevenido pero atento al tamaño de mis pechos y a las pinturas imborrables sobre mis caderas. Yo también deleité mis ojos con el perfil sensual y amenazante. En su cuerpo encarnaban los siete poderes antiguos, repartidos en sus cabezas. La primera era un caballo, inspiraba brío y no conocía el miedo. La segunda cabeza era la de una mujer, dotada de muchos senos, con ellos podría alimentar a los animales de la estepa. La tercera cabeza era la de un mendigo humano, un rostro sediento de lo que no tenía, parecía rogar mis ondulaciones y mis besos. La cuarta era una cascada de agua; supe que de ella brotaba el riachuelo donde me había bañado. La quinta cabeza era de madera y recogía la sabiduría de los árboles; las ardillas se posaban en su cuello y los gorriones fabricaban nidos en sus orejas. La sexta era la cabeza de un chacal, al acecho de las revelaciones que llegaban a su olfato. Y la séptima era la cabeza de un niño muy antiguo, donde fue depositada el alma y desde la cual me dirigía la palabra.

—Eres hermoso, dragón rojo —, lo halagué con honestidad y reverencia.

—¿Qué quieres de mí, peregrina blanca? —me habló con desconfianza y con antojo—. No había visto a una mujer de cerca desde que secuestré a una prostituta y la besé hasta asesinarla. Contemplé su cuerpo desnudo hasta podrirse en este nido.

—Yo soy una cuidadora de plantas —le dije con dulzura, mientras bajaba mis dedos por los pechos y el vientre, bordeando el ombligo—. Me han dicho que tu agua rejuvenece los desiertos y he venido a pedirte un poco para llenar este odre. A cambio puedo darte cualquier flor que tú me pidas, o el brebaje que sane tus dolores.

—Yo otorgo mis regalos solamente a mis amigos, cuando yo quiera. Ya veremos qué puedes ofrecerme, si ganas mi confianza.

Supe entonces que debía pasar un tiempo allí. Una anciana de los bordes del lago repetía que, para llamar a alguien "amigo", había que juntar toda la sal que han comido juntos hasta acumular una fanega.

Me dijo que me sentara a sus pies y le contara la historia de mi vida. Le pedí que me dejara ir por mis ropas, pues comenzaba a advertir el frío de la noche en el desierto. Me dijo que prefería verme desnuda, pero que me vistiera mientras él cazaba en el Valle de los verdugos. Me puse en pie y caminé descalza sobre las piedras. De pronto escuché un bramido en los cielos. Sus alas se extendieron como un terciopelo de metal, sus escamas emitían un sonido broncíneo al levantar el vuelo. El dragón desapareció en el horizonte.

Me cubrí con la túnica y el manto de piel de oso y me senté al borde de una roca, desde donde alcanzaba a vigilar el valle. Mi cuerpo estaba desnudo por debajo de la capa. Recité poemas de encantamiento y maldiciones que los druidas recitaban alrededor de la hoguera. Escondí las flechas y el cuchillo en un promontorio, y colgué una pluma con veneno entre mis cabellos, para cuando tuviera que utilizarlos.

El dragón era un ser lleno de poderes y no quería herirlo, pero valían más los árboles de Epona.

El sol se había ido y me sumí en la oscuridad. De pronto vi el regreso del dragón iluminado su piel, como si llevara adentro una lámpara encendida. Se sacudió como lo hace un perro después de salir del agua y algunas escamas cayeron ardientes ante mis pies. Al enfriarse, descubrí que se trataba de monedas de oro, pero no me interesaron. No podía comprar su amistad con su propia riqueza. Solamente quería ganar su confianza. Era un animal apacible y podría regalarme el agua. Ya tendría yo que ingeniármelas para robar su sangre.

Se deslizó por la tierra con cuerpo de serpiente y cada una de las cabezas tomó alguna presa de la gacela para devorarla. Me lanzó una sobra de su cacería con desprecio. Le dije que no sabía comer crudo y emitió una bocanada de fuego rostizando el trozo de carne.

—Desde hace siglos habito en el desierto de Kavir, entre las huellas de la nada y la mordedura del sol —me dijo la cabeza del niño antiguo, la primera que se sació con la comida—. Tengo muchos nombres. Pero los pueblos cazadores suelen llamarme Narrasti. Hasta hace seis generaciones, los hombres del valle solían llevarme ofrendas de ovejas y cabras para que yo las devorase. Yo no me comía a su ganado ni a sus hijos. Vivíamos en paz y distantes. Pero migraron debido a las sequías. Desde entonces pocos se atreven a visitarme. Sólo unos cuantos regresan vivos.

De repente, escuché gritos en la estepa. El dragón me miró amenazante. Yo levanté mis manos y le dije que no tenía nada que ver con aquel ruido. Me ordenó que me quedara allí. Se elevó hasta lo alto del cielo y alcanzó a llevarse los cadáveres de las estrellas más cercanas, generando lluvias de fuego para iluminar la noche.

Su silueta se posó en una colina, ubicada en el centro del valle. Corrí hasta donde pudiera vislumbrar el panorama, alumbrado por las antorchas que habían caído desde el cielo. Vi entonces a una mujer recostada a una piedra, clamando por ayuda. Invocaba el nombre de Narrasti.

—He venido a ofrecerte el nacimiento de la vida —, le dijo jadeante la mujer, y el eco replicaba sus palabras. Observé que llevaba una criatura adentro e iba a dar a luz. "Maldita sea", pensé, "¿y ahora cómo hago yo para robar la sangre y el agua?".

La mujer abrió las piernas y dejó ver su sexo como una tarántula partida en dos por donde dio a nacer una cabeza morena. A la cabeza le siguieron unos hombros bañados en sangre gelatinosa. La criatura cayó al suelo y su piel se ensució con el polvo y los fragmentos de roca.

La madre tomó a su niño. Con un pedernal cortó el lazo que los unía y lo tiró a los pies de Narrasti. Su cabeza canina se comió el cordón umbilical y bebió el líquido de placenta que se había derramado entre las piernas de la mujer.

Ella lo miró con fervor y miedo. Algo me llamó la atención. Su rostro era un espejo. Sus ojos eran iguales a los que habitaban en la cabeza femenina de Narrasti, y supe que la crudeza del dragón yacía en el rostro virginal de la mujer. También en el mío. Ella se veía reflejada en su mirada de desierto, en el deseo de la piel, en los instintos primitivos de la sangre cruda. Portaba el veneno de la serpiente antigua en sus venas, y la luz de un rayo en sus pupilas me dejó ver que no era tan diferente a Narrasti, quien giró su cabeza de múltiples senos y me miró con ironía. No supe entonces si yo era la madre, si era el dragón, si era Ondine, la cazadora de plantas, o los tres al mismo tiempo.

La mujer abrió sus piernas para que el dragón le ofreciera

lametazos de consolación y de placer. Sentí ganas de unirme a la ceremonia. Apreté las piernas y mordí mis labios. La espuma fluía en mis secretos. Al fin y al cabo, el dragón tenía siete lenguas. Pero me contuve de acercarme. Sentía que una presencia me vigilaba muy de cerca, tan sedienta como yo. Levanté los ojos. Pero no vi a nadie.

Cuando se sintió reconfortada por una de las lenguas del dragón, la mujer dijo:

—Narrasti, guardián de la naturaleza, te he estado buscando desde hace meses. Quiero entregarte a mi hijo. Tú sabrás protegerlo ante el poder hierático, el cual busca a este niño para matarlo en un altar.

—¿Qué me dices, mujer, de ofrendarme a esta criatura?

—Algún chiflado vaticinó que con la sangre de este niño se bañará el Imperio de las águilas —respondió ella—. Yo sólo quiero que mi hijo viva y goce de la bendición de ser un hombre, que copule y tenga hijos, que beba y cante, que se ría y muera satisfecho cuando sea un anciano.

—¿Y por qué me buscas a mí como su guardián? No puedo ofrecerle nada a tu cachorro.

—Sólo una mujer enloquecida por amor a su criatura vendría hasta ti. Todos te tienen miedo y no podrían tocarlo si está contigo. Por favor, cuida de él. A cambio vendré a visitarte cada luna nueva.

—En esta noche han aparecido todas las desgracias juntas. La peor de todas es la de salvar a una criatura. Deja ahí a tu animalito —señaló una gruta con desprecio—. Ya encontré a quién se encargue de acompañarme en su cuidado —y su cabeza de mendigo me buscó con la mirada, disparando una sonrisa maliciosa.

Refunfuñando, lavó al niño con las aguas de su cuarta cabeza y lo alimentó con los pechos múltiples y henchidos de la mujer que lo habitaba. Sospeché que me lo iba a entregar a mí para que lo educase. Narrasti no iba a darme el agua y la sangre sin un favor a cambio.

—Madre, hermana —dijo el niño de la séptima cabeza—, sube a la criatura al lomo. Yo le enseñaré a sobrevivir en la tierra de carencias. Le enseñaré a iniciarse en los rituales de la carne. Su reino será el reino de la vida y el deseo, no el de los sacrificios y la muerte. Yo lo protegeré de los sacerdotes y de los soldados. Aprenderá el lenguaje del instinto, y con la danza partirá las estatuas del Imperio.

Vi otra señal en el cielo. Cuando Narrasti despertó a las estrellas, bajaron también los ángeles. Supe que estas eran las presencias lujuriosas que vigilaban mis caricias.

Uno de ellos, desnudo y gordo, con el pecho velludo y el sexo de un toro en celo, reclamó al niño como paga por destruir a las estrellas. Dijo llamarse Mikael y aseguró haber sido enviado por las fuerzas de las catacumbas para llevarse a la criatura, educarla como un animal obediente y derramar su sangre en un altar.

—Dámelo, dragón —le exigió a Narrasti.

—Yo pagaré el precio por su vida —respondió el dragón.

Puso al niño en el suelo y se enfrentaron en combate. Mikael llevaba una espada en forma de medialuna. Narrasti dio un golpe a la espada con la cola y la cubrió con arena. Los ángeles estaban de pie sobre las rocas y hacían sonar los cuernos de batalla. Sus arqueros dispararon y una de las flechas hirió al chacal de Narrasti en la mejilla. Este escupió la sangre en el rostro del enemigo y luego aulló enfurecido.

Mikael recibió una lanza por parte de un heraldo y la tiró al dragón, pero este la evitó con un movimiento vertiginoso. El ángel corrió a gran velocidad y después levantó sus alas para apuñalar a Narrasti con la daga que colgaba de su cuello.

El dragón se tiró al suelo, abriendo sus patas, bajó las alas y lo dejó pasar por encima de su lomo. Luego levantó la cola como un escorpión y derribó a la criatura celestial. Mikael cayó al piso con los ojos teñidos de sangre y la desnudez acuchillada. Sus alas desplumadas y sarnosas se mezclaban con el polvo de la estepa.

Narrasti se deslizó con el movimiento de un áspid y brincó para devorar a Mikael.

Pero nueve de sus legionarios, vestidos con túnicas de lino, saltaron sobre el dragón y trataron de envolverlo en una red tejida de ceniza. Volaban en todas direcciones, algunos se metían debajo de su vientre e intentaban herir sus vísceras con los puñales. "Esta es mi oportunidad, pensé, "si llego al lugar de la batalla, puedo recoger la sangre, un poco de agua y escapar de allí". Pero los ángeles podrían pensar que yo era la escudera del dragón y me matarían o me llevarían a las prisiones; allí me violarían, satisfaciendo sus deseos reprimidos por la ley del cielo.

Así que tuve que esperar para recoger la sangre del cadáver y el agua que se encharcaba en las hendiduras del desierto.

Las cabezas de Narrasti hacían frente a siete ángeles que se escurrían a gran velocidad. El octavo guerrero trepó por su cuerpo y ató su cola con la red. El noveno, de piel oscura como la noche, le clavó una estaca de madera en el recto, el área más vulnerable del dragón. Yo lo vi caer al suelo, adolorido y frágil. Los demás lo ataron y lo aseguraron a un a travesaño.

Mikael se puso en pie, tomó al niño entre sus brazos y lo devolvió a la madre, quien miraba contrariada. Deseaba que Narrasti protegiese a su hijo y a ella la inundara de placer. Había consagrado su criatura a los secretos irracionales de la tormenta. Pero ante los ángeles aparentaba una mirada virginal, se mostraba como un tótem de pureza que debía ser rescatado del peligro.

Se llevaron a la mujer junto a su niño a un convento de las catacumbas. La criatura tendría que transformarse en un carnero y morir sacrificado en un altar.

Narrasti fue transportado a una prisión subterránea. Los ángeles regentes no soportaban la multiplicidad. Yo sabía que el dragón no era ni el bien ni el mal, y por esto las leyes no lo toleraban. Él representaba la liturgia de los animales. Era el sacerdote de la inmoralidad, el desbordamiento de la vida, la seducción implacable en el desierto.

La sangre y el agua se secaron antes de que se marchara el último vigilante de la zona. Tan solo una planta de fresno había empezado a brotar por donde se derramaron los fluidos del dragón. La tomé con cuidado, la rodeé de tierra fértil y la sembré sobre el caparazón de una tortuga. Fui de aldea en aldea, por desiertos, bosques y cumbres nevadas, hasta que llegué a las ruinas del templo de Epona, en cuyo centro sembré el retoño. El lugar se ha convertido en el santuario de los fresnos rojos. Está custodiado por jardineras desnudas que pastorean a las plantas, y los árboles han recuperado la memoria.

"Si un escritor es tan cauto que no escribe nunca nada
que pueda ser criticado,
nunca escribirá nada que pueda ser leído.
Si quieres ayudar a otros tienes que
decidirte a escribir cosas que algunos condenarán".
Thomas Merton

9 781637 530085